내 안의 빈집

내 안의 빈집

지은이 _ 심선경

초판 발행 _ 2014년 10월 1일

펴낸곳 _ 수필미학사
펴낸이 _ 신중현

등록번호 _ 제25100-2013-000025호
등록일자 _ 2013. 9. 2.

대구광역시 달서구 문화회관11안길 22-1(장동) 출판산업단지 9B 7L
전화 _ (053) 554-3431, 3432 팩시밀리 _ (053) 554-3433
홈페이지 _ http://www. 학이사.kr
이메일 _ hes3431@naver.com

값 12,000원
ISBN _ 979-11-85616-18-6 03810

본 도서는 2014년 한국문화예술위원회, 부산광역시, 부산문화재단의 사업비 지원을 받았습니다.

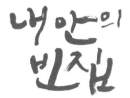

내 안의 빈집

심선경 수필집

수필미학사

늦은 저녁을 준비하다 잘 드는 칼에 손을 베었다. 상처가 깊은지 흐르는 물에 계속 씻어내려도 자꾸만 붉은 피가 뚝뚝 흐른다. 저녁 상에 오른 무생채를 가족들이 유난히 맛있게 먹는다. 내가 만든 것 이지만 내가 먹어도 맛있다. 나만 알고 가족들은 모르는 비밀. 먹는 음식에 사람의 피가 들어가면 이렇게 한결 더 맛이 나는 것인가. 음식 맛도 이러한데 하물며 글맛이야 더 말해 무엇하랴. 내가 써내려 가는 글 속에 내 피 한 방울, 내 땀 한 방울 섞지 않은 채, 그걸 글이라고 만들어 낸다면 누가 그것을 맛있게 먹어주겠는가.

나이 탓인지 요즘엔 상처가 나면 잘 아물지 않는다. 몸의 어딘가가 망가진 것 같은데 의사의 진단서를 발부 받을 정도는 아닌 듯하다. 좀처럼 속내를 보이지 않는, 속으로만 멍드는 상처가 많다. 상처 안에 숨은 작은 세포들이 소리 죽여 짐짓 태연한 척한다. 아픈 곳이 있어야 비로소 나를 들춰 본다. 온전할 땐 보이지 않던 내 모습이, 아프니까 제대로 보인다. 흠집 많아진 지금의 몸이 진짜 내 몸 같다. 몸 밖의 나와 몸 속의 내가 서로 화해하는 순간이다. 가만히 나를 건드려 본다. 내 안이 이렇게 생겼구나.

2014. 9.

심 선 경

제2부 바람 부는 날엔

제3부 빈집이 환하다

제4부 어느 날 문득

제1부
뿔난 감자

겨울, 자작나무 숲에 들다

미시령 오르막길 바람이 차다. 살갗에 닿는 것은 바람이 아니라 칼날 같다. 감각이 무뎌진 다리를 끌며 얼마를 걷고 또 걸었을까. 어느 순간, 홀연히 눈앞에 나타난 자작나무 숲을 만난다. 유독 다른 나무들보다 이른 시기에 잎을 떨어내고 저 멀리 흰 기둥과 흰 가지만으로 빛나는 자작나무는 영혼의 뼈를 발라낸 듯 하늘 높이 솟아 있다.

단 하나의 이파리까지 모두 지상에 내려놓은 빈 나무가 아름드리의 부피감 없이도 저리 빛날 수 있는 것은 자작나무의 어떤 힘 때문일까. 어둠과 빛이 한데 스며들어 그 경계조차 허물어진 산기슭에서 자작나무는 홀로 빛난다. 하지만 그 빛은 적막을 품어 눈부시지 않고 다만 고요할 뿐이다.

자작나무 숲에 하얀 겨울바람이 분다. 바람에 색깔이 있다면 이곳에 부는 바람은 분명 하얀 바람이었을 게다. 빽빽하게 무리지어 선 나무들이 서로의 가지를 붙들고 있다. 혼자서는 매서운 바람과 찬 서리를 견딜 수 없어 어깨를 나란히 맞대고 선 것일까. 칼바람에 생채기가 났는지 마른 나무껍질은 쩍쩍 소리라도 낼 듯 등짝이 거칠게 갈라져 있다. 터진 수피 속으로는 맨살이 그대로 드러나 보인다. 지난 계절의 묵은 때를 모두 벗겨내기라도 하려는지 차곡차곡 겹쳐 놓았던 종잇장이 들뜬 것처럼 나무껍질이 한꺼번에 일어난다.

저 많은 나무들이 함께 살아가는 숲에서 자작이 유독 빛날 수 있는 것은 한 계절 너끈히 견뎌준 남루한 껍질을 스스로 벗고 북풍한설에 여린 속살을 단단히 여물게 했기 때문일 게다. 흰 몸통의 군데군데는 저희들끼리 몸을 부딪쳐 가지치기한 자리인 양, 흉터처럼 남아 있는 옹이가 유난히 크고 짙어 보인다. 거대한 자연의 품에 한 그루의 옹골찬 나무로 우뚝 서기 위해 감내해야 했던 아픔이 고스란히 배어든 듯하다.

숲으로 들어와, 인내의 상처를 화인火印처럼 몸통에 남긴 채 당당하게 서 있는 자작나무를 만나지 않았다면, 아마도 나는 중도에 산행을 포기했을지 모른다. 먼 곳에서 바라보았을 땐, 그저 신비롭고 아름답게만 보였던 자작나무 숲. 가까이 다가와 보니 이제야 알겠다. 저 빛나는 둥치를 갖기 위해 얼마나 혹독한 바람을 맨몸으로 맞섰을지, 부러진 가지가 스스로 낸 아린 상처 자국에 얼마나 숱한 시간의 겹을 덧입혔을지 이제야 비로소 알겠다. 쓰러진 나무의 그루터기에 앉아 느슨해진 등산화 끈을 단단히 조여 맨다. 추위와 피로로 더 이상은 한 발짝도 옮길 수 없을 것 같던 발걸음을 다시 내닫으며 지난날을 잠시 돌이켜 본다.

복잡한 도시 속, 출퇴근길의 행렬에 끼여 정신없이 달려온 세월. 계절이 어떻게 바뀌고 오늘 떠오른 해와 어제 떠올랐던 해가 어떻게 다른 것인지도 모른 채 살기 위한 집념으로 시간을 쪼개어 썼다. 그러다가 도심 한가운데를 지나면서 나도 몰래 종종 멈춰 서게 되는 때가 있었다. 그곳에 덩그러니 서 있는 내 모습은 의지할 곳 없는 빈약한 나무 한 그루였다. 하늘을 찌를 듯한 빌딩이 즐비한 거리에서 왜 나는 숲의 배후로 버티고 서 있는 이 산이 그토록 그리웠을까. 삶은 내게 쉬지 말고 길을 가라고 재촉하지만 내겐 멈춰 쉬는 시간이 필요했다.

오래된 흑백필름 영상처럼, 자작나무의 허물벗기는 지난했던 내 삶의 모습을 떠올리게 한다. 어릴 적 순수했던 아이의 초롱초롱한 눈망울은 어디로 가고, 온갖 풍파와 세월의 더께를 뒤집어써서 이제는 본 모습이 어떤 형상인지도 알 수 없는 내 껍질은 도대체 몇 겹으로 싸여 있는 걸까. 껍질을 얼마나 벗겨내야 그 속에 숨은 참된 내 모습을 발견할 수 있을까. 늦지 않았다면 자작나무가 껍질을 벗듯, 내 삶의 궤적 가운데 내밀한 튼튼함은 더욱 단단히 자라게 하고, 씻지 못할 허물과 아픔은 죄다 밖으로 훌훌 털어내어 버리고 싶다.

자작나무에선 혁명의 냄새가 난다. 러시아 혁명에서 빨치산들이 피로에 지쳐 돌아오던 아지트도 자작나무 숲이었고, 닥터 지바고가 달빛을 틈타 혁명군들을 등졌던 곳도 자작나무 숲이었다. 인디언들은 그 나무를 '서 있는 키 큰 형제들'이라 부른다. 나무의 직립성을 이보다 더 적절하게 표현하기도 힘들지 싶다. 오로지 태양을 향해 곧게 선 나무가 자작나무뿐일까만 그 사랑이 얼마나 지극하면 저리도 흰 가슴으로 하늘바라기하며 마냥 서 있을까 싶다.

자작은 이름만큼이나 귀족적인 자태를 뽐내지만 결코 오만하거나 배타적이지는 않다. 또한 유아독존, 독야청청하지도 않다. 만약에 그렇다면 숲에서 멀리 떨어져 홀로 넓은 자리를 차지하고 있었어야 옳다. 무리로부터 떨어져 혼자 서 있는 자작나무는 곧게 자라지 못한다. 그래서 서로 어깨 맞대어 함께 살아가는 것인가 보다. 가끔은 옆에 선 나무와 부딪치며 자연스럽게 가지를 정리한다. 저들끼리 경쟁하듯 하늘로 곧추서는 것이다. 서로가 서로의 버팀목이자 바람막이다. 그러면서도 한 그루 한 그루가 독자적 자존으로 빛을 발한다.

숲에 군락을 이룬 자작나무는 하늘 높이 우뚝 솟아오르고도 내려보는 일이 없고, 앞에 서서도 뒤에 선 나무들의 배경이 될 줄을 안다. 서로 경쟁은 하지만 같이 살아가는, 그래서 더 충일한 존재감이 되는 나무. 함께 있어 아름다운 것들은 '나'를 버리지 않고도 '우리'가 된다는 것을 자작나무 숲이 내게 넌지시 일러주는 듯하다.

저녁 어스름에 상록수림을 배경으로 빛나는 자작나무 숲의 광휘, 숨이 막혀 버릴 듯 가장 낮은 곳으로 가라앉는 빛을 받아 지극히 섬세하고 고운 올로 새긴 잎사귀의 반짝임은 태양을 향한 자작나무의 연서다. 남들은 그 눈부신 광채를 햇살의 반사광이라 말하지만 나는 그 빛이 자작나무 숲의 정령이 뿜어낸 신비한 기운이라고 믿고 싶다. 산그늘에 스스로 돋을새김 하는 자작나무의 빛살 사이로 슬쩍 끼어 든 바람을 타고 잎사귀들이 소시락거린다.

유난히 환하고 흰 빛의 공간. 저 시린 숲의 빛깔을 그냥 하얗다고 말해버리기엔 무언가 많이 부족하다. 여기에 있으면 나도, 자작나무도 현실과는 너무도 먼 거리에 있는 듯한 착각이 든다. 자작나무 숲이 만들어낸 그 흔하지 않은 아름다움은 지상의 다른 모든 존재들처럼 내가 그 자리에 꼭 있어야 하는 것은 아니며, 우연하고 무상한 것이라는 사실을 어렴풋이나마 깨닫게 한다. 보이지 않아도 존재하는 것이 있고 들리지 않아도 소리 내는 것이 있는 것처럼.

　자작나무 숲을 돌아 나오는데 누군가의 낮고 차가운 목소리가 들리는 듯했다. 그 목소리는 이 거대한 자연의 품에서 단지 하나의 사물로 존재하는 내 이름을 나직이 불러주었고 그는 내가 더 이상 다가갈 수 없는 자리에다 나를 주저앉혔다. 어떠한 대상도 여기서는 고요히 서 있거나 앉아 있는 하나의 물상에 지나지 않았다. 자작나무들의 들숨은 땅 속의 먼 뿌리까지 닿고, 힘찬 날숨은 뜨거워진 내 심장을 쿵쿵 울리더니 마침내 온 산맥을 굽이치며 협곡을 향해 달음질친다.

꺾어진 전봇대

강원도로 돌아오는 직행버스에서, 며칠 전 서울 가는 버스에 동승했던 사내를 또 만났다. 그와 눈이 마주친 순간, 제발 좀 나와 멀리 떨어진 자리에 앉아줬으면 하고 바랐지만, 그런 내 속마음을 알아차리기라도 한 듯 사내는 성큼성큼 걸어와 마침 비어 있던 내 옆자리에 풀썩 주저앉는다.

거무튀튀한 얼굴은 오랫동안 수염을 깎지 않아 몹시 지저분해 보인다. 초점 흐린 눈은 퀭하게 안으로 들어가 있고 술냄새가 역겨울 만치 풍겼지만 나는 차마 싫은 내색을 할 수가 없다.

자리가 좁았던지 이따금 앞사람의 의자를 밀어낼 듯이 발로 차기도 하고, 무거운 몸이 귀찮아 죽겠다는 듯 이리저리 뒤척이기도 한다. 버스 기사가 검표를 마치자 그는 곧바로 의자를 뒤로 눕혀서 잠을 청한다. 잠시 뒤엔 몹시 피곤한 듯 코까지 곤다.

지난번엔 그가 바로 내 뒷자리에 앉았는데, 앉자 마자 어딘가로 연신 전화를 걸어 대는 통에 목적지에 도착할 때까지 내내 신경이 뒤쪽으로 가 있었다. 사내는 그냥 조그맣게 말해도 될 것을 일부러 목청을 돋우어 말했다. 가끔은 자신의 화려한 과거 행적을 스스로 추켜세우며 내가 이러이러한 사람이었노라 큰소리를 치기도 했다. 마치 자기 일을 세상 사람 모두에게 알려야 한다는 사명감에 불타올랐는지, 그게 아니라면 침묵으로 지켜내기엔 순간순간이 도저히 불안해서 견딜 수가 없었던 것인지, 딱히 그때 하지 않아도 될 시답잖은 이야기들을 전하려고 사돈의 팔촌까지 전화기 속에서 불러내는 것이다. 하기야 그 사내에게도 젊은 날 어느 한때는 세상을 손아귀에 쥐고 흔들 만큼 호기를 부려보았던 때가 있었을 게다.

그 사내 외에는 누구도 떠드는 사람이 없다. 나만 지나치게 예민한가 싶어 주위를 돌아보았지만 모두 꿀 먹은 벙어리처럼 입을 다물고 눈을 지그시 감고 있다. 아마도 그는 버스 속의 이런 적요함이 너무 싫어 끝까지 전화질을 해대었는지도 모르겠다. 그랬던 그가 오늘은 일찍 잠이라도 들었으니 불행 중 다행이라고나 할까.

아직 목적지의 반도 못 왔는데 창문 밖은 어둑어둑하다. 첫인상도 그런데다, 사내의 머리가 내 어깨 쪽으로 자꾸만 기울어져 심기가 몹시 불편하다. 다른 곳으로 옮겨볼까 버스 안을 두리번거렸지만, 마땅히 옮겨갈 만한 자리가 얼른 눈에 띄지 않는다. 뒤쪽으로 가면 빈자리가 영 없지는 않을 터인데, 이제껏 잘 참아오다가 지금에 와서 옮긴다는 것이 낯이 서지 않아 그만 생각을 접고 말았다.

내가 탄 버스 앞으로 생각 없이 뛰어든 차가 있었던지 갑자기 급브레이크를 잡은 차가 경적을 심하게 울려댄다. 안전벨트도 매지 않은 사내의 몸이 앞쪽으로 순식간에 쏠렸다가 잠시 후 되돌아온다. 잠이 확 달아날 듯도 한데 그는 자세를 고쳐 잡더니 또 잠이 들었다. 친친 휘감긴 코일을 쉴 새 없이 몸속에서 풀어내기라도 한 듯 구불구불한 산허리를 휘돌아 나올 무렵, 그는 무심코 잠꼬대같이 속에 든 말을 내뱉었다.

"막노동판에서 뼈빠지게 일한 품삯을 떼먹고 도망간 놈이 인간이냐. 내가 땅 끝까지라도 쫓아가서 네 놈을 잡고 만다. 먹고 살 길은 막막한데, 집에 들어가면 착한 처자식이 내 얼굴만 말똥말똥 쳐다보고 있지. 작은놈은 올해 중학교에 입학했는데 아직 교복 한 벌도 못 사줬다고!"

사내의 잠꼬대를 흘려들었다면, 나는 아마도 이어폰으로 귀를 틀어막았거나, 멀찌감치 있을 빈자리로 그를 피해 갔을지 모른다. 불만에 가득 찬 그의 얼굴, 초점 잃은 퀭한 두 눈이 말하고자 하는 것을 나는 그제야 이해할 수 있을 것 같았다. 술내 진하게 뿜어내는 그의 가슴속을 열어보지 않아도 훤히 알 것 같았다. 드러누울 듯 내 자리 쪽으로 자꾸만 기울어지는 그의 상체를 위해 얌전히 한쪽 어깨를 내어주고 코 고는 소리와 함께 흔들리며 길을 달린다.

휴게소에서 잠시 버스가 멈추었을 때도 그는 깨어나지 않는다. 나는 사내의 어깨를 밀어 조심스레 제자리로 돌려놓고 자리를 빠져나와 버스에서 내렸다. 아직도 이곳 들녘엔 서릿발이 하얗게 내려앉아 있다.

찬 기온에 잔뜩 움츠러든 내 그림자 위에 저녁 어스름이 짙게 깔린다. 길 저편에 나란히 선 전봇대들이 마치 종묘제례악을 연주하기 위해 도열한 궁중의 악사들 같다. 팽팽한 전선들을 악기의 현이라도 되는 양 머리맡에 걸어두고, 지휘자의 신호를 기다리고 섰다. 때마침 그곳을 지나던 삽상한 바람이 등을 구부려, 길게 늘어선 전봇대의 현을 조심스레 조율한다. 음의 높낮이가 맞춰지면 곧바로 전봇대에선 웅장하고 성대한 악곡이 울려 나올 것이다. 그러나 전봇대의 현을 연주하는 바람이 단조의 음계만을 짚어가는 것인지 어째 울려 나온 곡조가 내 귀에는 구슬프고 애처롭게만 들린다. 가끔 연주자의 감흥이 절정에 다다르면 전봇대가 부르르 떨며 기이한 소리를 내기도 한다. 내 옆자리에 앉았던 수염 덥수룩한 사내처럼, 전봇대도 믿을 수 없는 세상에 대한 울분과 빛이 보이지 않는 내일을 원망이라도 하는 것일까.

이제 빗방울까지 듣는다. 낙뢰라도 맞았는지 그리 멀지 않은 곳에 허리가 꺾인 전봇대 하나가 가로수에 겨우 몸을 기대서 있다. 차라리 도롯가에 큰 대자로 누워버렸더라면 그나마 한결 편해 보였을 게다. 헐벗은 채, 비에 마냥 젖을 전봇대는 피곤함에 절어 곤두박질쳐진 그 사내의 지친 몸뚱이를 떠올리게 한다. 한 집안의 가장으로 열심히 일하면 할수록 더욱더 가난해지는 삶. 희망을 잃어버린 지 오래되었고 낡은 집, 좁은 방에 다닥다닥 오그린 채로 잠들었을 그의 내자와 아이들의 선한 눈망울이 그 위에 겹쳐진다.

훗날, 먼지 바람 휑하니 부는 어느 객지 공사판에서 무겁고 큰 망치 소리 귀가 먹먹해지도록 들려오면 아마도 나는, 삶의 멍에를 어깨에 치렁치렁 짊어지고 먼 길 나서는 그 사내를 다시 떠올리게 될지도 모르겠다.

닭들은 날아본 기억이 있을까

층층으로 된 5톤 트럭에 닭들이 한가득 실려 간다. 농장 주인이 닭장 트럭에 마구 집어던졌을 때의 모습인 양, 꺾인 날갯죽지를 미처 정리하지도 못한 어정쩡한 자세로 좁은 철장에 꽉 끼어 있다. 사력을 다해 파닥거려 보지만, 움직이지 않는 편이 더 낫다는 것을 깨닫기까지 그리 오랜 시간이 걸리지 않는다. 도대체 어디로 가고 있는 것인지, 앞으로 어떤 운명에 처하게 되려는지, 불안한 차체의 흔들림과 함께 이런 갑작스러운 외출이 그저 낯설고 황망할 뿐이다.

트럭이 비탈길을 휘돌아간다. 중심을 잃을 때마다 시간의 속도를 발톱으로 제어해보려는 닭들은 간헐적인 신음을 낸다. 하지만 속도는 잡지 못하고 애꿎게 뽑힌 제 몸의 깃털만 철망 사이에 어설프게 꽂힌다.

위로 치솟아 오르려 해도 머리를 짓누르는 천정과 안간힘을 써도 날개를 펼 수 없는 좁은 공간 속의 그들은 다시 이 길을 되돌아올 것이라 애써 믿으려는 눈빛들이다. 무작정 달리는 트럭은 멈출 기미가 없고, 전래동화 속 의붓어미가 버린 아이들처럼 집으로 돌아갈 길을 표시라도 해 두려는 듯, 닭들은 제 몸의 깃털을 뽑아 허공에 날려보기도 한다.

깃털 중의 하나가 바람에 날려 트럭을 뒤따르던 내 차 앞 유리창에 착 달라붙는다. 무심코 날아든 깃털을 윈도 브러쉬로 밀어 떨쳐내 버릴까 하다가 그냥 그대로 두었다. 아주 재미있었던 추억 하나가 머릿속에 반짝 떠올랐기 때문이다.

어린 시절, 귀한 손님이 집에 오시거나 제사가 있는 날은 마당에 풀어 두었던 닭을 잡았다. 부엌에서 눈코 뜰 새 없이 바빴던 어머니 대신, 우리 남매는 닭 잡는 일을 도맡아야 했다. 다른 때는 몰라도 제사가 있는 날은 일부러 나이 먹은 닭을 고른다. 신성한 제사에 쓰일 제물이라 닭 울음소리가 길고, 몸집이 통통한 놈이 적격인데, 조건에 걸맞은 늙은 시골 닭을 포획하기란 그리 만만한 일이 아니었다. 본능적으로 살아남기 위해 죽기 살기로 도망치는 닭을 좇다가 지쳐, 마당 한복판에 큰 대자로 드러누워 헐떡거린 때도 많았다. 어떤 놈은 엄장이라도 지를 듯 마당 저편 대추나무 위로 파드득 날아올라 말 그대로 "닭 쫓던 개 지붕 쳐다보는 격"이 된 적도 있었다. 잠 잘 시간이 되어 홰대에 오르려고 잠시 날아오르는 것은 봤지만, 장장 몇 미터를 재빠른 속도로 날아 나무 위에 안착하는 것을 보니 그것이 닭인지 새인지 의심스러울 지경이었다.

어찌되었건 마당을 벗어나지 못한 닭은 결국 우리 손에 잡히고 마는데 정작 문제는, 살아서 잡힌 그놈의 닭 모가지를 비틀어 모진 생명을 끊어야 하는 고역이 어린 마음에 여간 심란한 것이 아니었다. 닭의 모가지를 비틀려고 하면 생명체의 목 부분에서 전해져오는 뜨뜻한 온기와 묘한 느낌의 전율에 흠칫 놀라, 잡았던 놈을 순식간에 놓쳐버리기도 했다. 그게 싫어서 잔머리를 굴려본 것이 닭의 목을 발로 지그시 누른 다음, 살려달라고 애원하는 듯한 간절한 눈길을 무시하고 털을 먼저 뽑는 것이었다.

닭은 온기가 남아 있을 때 털을 제거해야 고생을 덜 한다. 숨이 끊겨 체온이 떨어지면 털이 잘 뽑히지 않아 손톱이 빠질 듯한 고생을 감수해야만 한다. 닭들을 여러 차례 잡다 보면 어느 정도 시간이 지나야 숨이 넘어간다는 것을 감으로 알게 되는 경지에 이른다. 처음엔 닭의 빨간 눈동자에 눈꺼풀이 무겁게 내려 앉을 때가 바로 그때라고 생각했었다. 그러나 닭도 늙으면 여우가 되는가. 눈꺼풀이 슬그머니 닫히는 것을 보고 안심하며 손아귀 힘을 느슨하게 푸는 순간, 그만 낭패를 당하고 만다. 죽은 척하고 있던 놈이 잠시 우리가 방심한 틈을 타서 잽싸게 도망가 버리는 것이다. 이런 허망한 꼴을 몇 번 겪고 나면 절대 속지 않는다며 가만히 모가지를 밟고 있던 발을 들어 닭 몸통을 툭툭 건드려서 반응 여부를 재차 확인한다. 누가 봐도 확실히 숨이 끊어진 닭을 땅바닥에 놔둔 채, 미처 제거하지 못한 잔털을 마저 뽑으려고 뜨거운 물을 가지러 가는데, 웬걸! 뒤쪽에서 어떤 물체가 바람을 일으키며 부리나케 달아나는 소리가 들린다. 불길한 예감에 고개를 홱 돌려보니 그곳에 낯익은 놈이 우스꽝스러운 몸짓으로 나체 질주를 하고 있는 것이 아닌가. 조금 전까지만 해도 죽은 듯 널브러져 있던 그놈의 달구새끼가 도망치는 모습은 하도 웃겨서 배꼽이 빠져 달아날 것처럼 가관이었다. 도망을 가려면 들입다 내뺄 것이지, 풋내기들을 놀리기라도 하듯 뒤를 힐끔힐끔 쳐다보기까지 하는데 털이 홀라당 벗겨진 몸뚱어리의 닭이 마당을 질주하는 모습이라니….

탈주범을 잡기 위해 이리 뛰고 저리 뛰다 보면 자리 잘못 잡고 앉은 양철 대야가 오빠의 발에 채여 요란한 소리를 내며 마당 한쪽으로 내팽개쳐지고, 땀을 뻘뻘 흘리며 곤욕을 치르고 있는 우리 남매를 보고서도 동네 사람들은 누구 하나 도와줄 생각은 않고 박장대소하며 구경들만 하고 있었다.

한바탕 난리를 치르고 결국 생포된 나체 닭은, 제사상에서 제물로서의 도리를 다한 뒤, 잔뜩 독이 오른 우리에게 오동통한 살점을 뜯기며 장렬한 최후를 맞이하는데, 지금 트럭에 실려 도계장으로 가는 저 수많은 닭들을 보니, 그 옛날 우리 집 마당에서 알몸 시위를 감행한 여우 같은 늙은 닭이 오늘따라 몹시도 그리워지는 것이다.

짐작건대 닭장 트럭은 머지않아 낯선 도계장에 그들을 함부로 부려놓을 것이다. 꽤 오래된 기억이지만 도계장에서 닭 잡는 광경을 지켜본 적이 있다. 그 많은 닭을 한꺼번에 도살하는 과정이 시골 마당의 늙은 닭 한 마리 잡을 때보다 훨씬 빠르고 조용했다. 닭들은 철옹성 같은 닭장을 잠시 벗어나는가 싶다가 외마디 비명을 지를 틈도 없이 회전기계에 거꾸로 매달리는 운명을 맞게 될 것이다. 공장 노동자들은 정해진 시스템의 순서에 따라 스위치를 누르고 닭들을 기절시켜 방혈한 다음, 뜨거운 열기로 털을 벗겨내고 내장을 송두리째 꺼내는가 하면 급기야는 닭발과 목을 제거하고 생뚱맞게 몸뚱이만 달랑 남겨 놓을 것이다. 무게별로 선별한 기계설비의 손을 빌어 개별 포장까지 완벽히 마친 다음, 냉동 탑차에 실어 주문한 곳으로 배송시키면 그들의 하루는 마무리될 것이고 도계장엔 어둠과 정적만이 남을 것이다.

모퉁이를 돌아가니 두 갈래 길이다. 닭장 트럭은 왼쪽 길로, 나는 오른쪽 길로 방향을 잡고 다시 달린다. 어찌 보면 층층의 닭장에 갇힌 초췌한 닭들과 갑갑한 도심의 아파트 속에 사는 우리네 삶의 모습들이 별반 다를 게 없다는 생각이 든다. 저들은 한 번이라도 날아보았던 기억이 있을까.

누구나 한 번쯤은 자기만의 세계로 훨훨 날아오르고 싶을 때가 있을 것이다. 나도 넓은 세상에 나가 내 꿈을 당당하게 펼쳐 보고 싶을 때가 있었다. 어둡고 고독한 알 속에서 아직 여물어지지 않은 부리지만, 사력을 다해 껍질을 쪼아 마침내 세상으로 나가는 문을 열고 화려한 변신을 할 것이라 꿈꾸기도 했다. 그러나 정돈되지 않은 너무 많은 생각과 아직 일어나지 않는 일들에 대한 수많은 걱정 때문에 나를 단단한 알 속에 가둬 둔 시간이 너무 길었다. 어쩌면 그 긴 시간으로 인해 닭들처럼 자신이 날 수 있다는 사실조차 잊어버리게 된 것인지도 모른다.

닭장처럼 다닥다닥 붙어사는 아파트 속, 그저 그렇게 지나가는 하루하루를 평범하게 사는 사람들 중의 한 사람인 나. 어찌된 일인지 꿈을 키워주기보다는 일찌감치 꿈을 버리라고 권유하는 듯한 이상한 세상에서 살고 있다. 꿈은 독보다 더 위험한 것이라 했던가. 전통과 질서를 파괴하고 관리자를 피곤하게 한다는 이유로 사회는 언제부턴가 우리가 꿈꾸는 것에 대하여 그다지 달가워하지 않는 듯하다. 그래서인지 이젠 내가 왜 꿈꿀수 없는지, 왜 날개를 활짝 펴고 날아오를 생각을 하지 않는 것인지 의문조차 갖지 않게 되었다. 나의 미래보다 자식들의 미래와 소망을 더 걱정하는 나이가 되어버린 지금, 어릴 적부터 품어왔던 꿈에 대한 기억조차 가물가물하다.

닭장 속의 그들처럼 나는 세상이 만들어 놓은 고정된 틀에 맞춰 누군가가 원하는 삶을 대신 살아온 것은 아니었던가. 어디론가 팔려가는 닭들과 같이 좁은 공간에 갇힌 채, 절대 권력

자인 트럭기사의 처분만을 기다리는, 나약하고 별 볼 일 없는 존재로 전락해버린 것은 아닐까.

닭장 트럭 뒤를 따랐던 그날 밤, 나는 수많은 닭들에게 포위되어 그들의 단단한 부리와 날카로운 발톱에 대책 없이 전방위 공격을 당하는 악몽을 꾸었다. 꿈속에서 나를 공격한 닭들은 어쩌면 날개가 있음에도 날지 못하는, 아니 날아볼 생각조차 하지 않는 나 자신의 무능함을 일깨워 주기 위해 그렇듯 죽기 살기로 달려들었던 것인지도 모를 일이다. 꿈에서 깨어난 새벽, 무슨 일인지 내 양쪽 겨드랑이가 몹시 가렵다.

딱새와 유리창

가끔 우리 집 유리창에 산새들이 날아와 부딪쳐 죽는다. 창문 안쪽에 바투 심은 수세미가 가늘고 연한 덩굴손을 뻗어 창가를 타고 오르는데, 아마도 새들은 그 사이에 투명한 벽이 있다는 사실을 알지 못하고 쏜살같이 날아들다 그만 변을 당한 모양이다. 들판도 아닌 이곳에 와서 작은 씨앗이라도 쪼아 먹으려 한 걸까. 아니면 눈부신 햇살의 곳간에 저들도 함께 들앉고 싶었던 것일까.

누군가는 유리창에 세들어 사는 앞산 그림자 때문이라고도 하고, 숲 속에서 발효된 열매를 쪼아 먹은 새들이 음주 비행을 해서일 거라고 말들 하지만, 하늘을 날고 싶은 유리창이 새들을 꼬드겼다는 풍문이 한층 더 설득력이 있을 것 같다.

엊그제, 반쯤 읽다 덮어둔 소설을 다시 읽고 있는데 뭔가가 "퉁" 하는 소리를 내며 창문에 부딪히더니 곧 아래로 떨어지는 듯한 기척이 났다. 산책길 삼아 걷는 담장 아래, 새의 날갯죽지 같은 것이 언뜻 보인다. 흑갈색의 작은 몸집이라 자세히 살피지 않으면 그저 낙엽 뭉치거니 하고 무심코 지나쳐 버리기에 십상이다. 창문에 부딪쳐 억울하게 죽은 딱새였다. 반짝이는 유리창의 유혹에 눈이 멀어버린 저 새는 얼마 지나지 않아 작은 새로 다시 태어날 것만 같다. 죄없이 죽었다 부활한 새들은 투명인간처럼 유리창을 자유롭게 통과하며 살았으면 좋겠다. 유리창뿐만 아니라 신록이 푸르른 앞산도, 밤하늘에 얼어붙은 달도 마음껏 뚫고 날아다녔으면 싶다.

저물 무렵, 파로호에 선다. 이곳 강원도로 옮겨오기 전에는 하늘에 오른 새들의 무리가 어떻게 먼길을 떠나는지, 언제 눈

쌓인 들녘을 건너가고 노을빛 속을 뚫고 들어가는지 알지 못했다. 아니, 그런 것엔 도통 관심이 없었다고나 할까.

하늘과 강이 맞닿은 곳에 엷게 펼쳐진 햇살과 철새들의 군무가 어우러진다. 마치 공설 운동장 응원석에서 부드럽게 출렁이는 카드 섹션을 보는 듯하다. 어마어마한 흰 도화지가 펼쳐진 하늘에 은회색으로 반짝이는 저 수많은 색종이들. 공중에서 펼쳐지는 새들의 화려한 공연을 넋이 나간 듯 바라본다. 활개를 치며 힘차게 날아오른 새들의 장엄한 울음소리는 어디서부터 시작된 것일까. 문득 차가운 시베리아의 바이칼 호수가 머릿속에 떠오른다. 광활한 시베리아의 초원과 호수를 저 새들의 날갯짓과 울음소리가 뒤덮었으리라. 그들의 역동적인 춤사위는 자못 웅혼하기까지 한데 어찌 하늘을 날기 위한 단순한 몸짓으로만 여길 수 있으랴.

다 여문 수수밭을 떠나지 못하는 바람처럼, 나는 그들의 마지막 행렬이 저 멀리 아득해질 때까지 그 자리에 망부석이 되어 있었다. 새들도 저렇듯 먼길을 오가며 온갖 풍상을 겪을 터,

아직 생의 반환점에도 닿지 못한 내 삶이 그저 순탄하기만을 바란다면 지나친 욕심이 아닐까. 공중을 죄다 점령할 듯 거침이 없는 새들이지만 오직 날갯짓만 할 뿐, 그들은 하늘에 새로 길을 내지는 않는다.

늦은 저녁밥을 먹고 창을 통해 바깥을 본다. 커다란 액자 같은 유리창으로 밤하늘이 가득 안겨든다. 네모난 액자 속에 들어온 달빛과 별빛이 서로 어우러져 마치 동화 속의 그림처럼 맑고 고요하다. 세상에서 가장 오래된 사랑 이야기가 있다면 그것은 아마도 '별 이야기'일 것이다. 오랜 세월 동안 별을 바라보며 살아왔던 내게, 어두운 밤하늘은 그리 낯설지 않다. 오일장에 산나물 팔러 가신 어머니가 돌아올 시간이 언제쯤일까 별을 세며 점쳤고, 멀리 떠난 님이 사무치게 그리울 때도 별을 보며 긴 편지를 썼다. 쉽게 아물지 않는 생의 아픔과 번뇌에 속절없이 눈물만 흐를 때도 밤하늘을 올려다보면 별은 그곳에서 밝게 빛나고 있었다. 그런 날, 별들마저 나와 주지 않았다면 상처받은 내 마음은 누구에게 위로받을 수 있었을까.

가끔은 밤하늘을 올려다보는 아이들의 눈동자 속에서 유난히 반짝이는 별들을 만나게 된다. 아이들은 저마다의 별을 보며 꿈을 키워갈 것이다. 하지만 그 아이가 자라 어른이 되면 별은 그들을 떠나게 된다. 마음이 황폐해지고 짙은 안개와 먹장구름, 천둥과 번개가 별들의 자리에 대신 남을 뿐. 그래도 사람들이 절망하지 않는 이유가 있다면 그 아이 대신 또 한 아이가 세상에 다시 태어나기 때문일 것이다.

아직도 내겐 이루지 못한 꿈들이 남아 있다. 나이를 아무리 먹어도 내 눈동자 속에 어린아이 때의 그 별빛이 오래도록 머물러주었으면 한다. 창을 통해 바라본 풍경들은 저마다의 가슴에 꿈과 노래를 지니고 있을 거라는 생각에 닿을 즈음, 술에 취해 비틀거리던 한 사내가 전봇대와 씨름을 하며 고래고래 소리를 지르는 통에 그 아름답던 밤 풍경이 그만 액자 바깥으로 냅다 줄행랑을 놓는다.

다른 날 같으면 눈을 부릅뜨고 바깥을 지켜보았을 유리창이 오늘은 왠지 수상쩍다. 아무래도 오늘밤은 편안히 잠들긴 틀린 것 같다. 새가 되고 싶은 유리창이 날개를 달고 밤새 먼 곳으로 훨훨 날아 가버려, 이불 속까지 찬바람이 숭숭 기어드는 휑한 아침을 맞게 될까 몹시 걱정스럽다.

뿔난 감자

어두운 창고에 둔 나무상자에서 감자를 꺼낸다. 불을 켜지 않아도 나무상자가 어디쯤 있다는 걸 알기에 어림짐작으로 더듬어 감자 몇 알을 쥔다. 하지만 곧바로 손에 잡힌 것을 놓고 만다. 내가 기억하던 그 감각이 아니다. 감자 한 상자를 사서 창고에 넣어둔 게 언제였나. 한없이 못생기고 어수룩하게만 보였던 감자의 몸 곳곳에는 성난 뿔이 불쑥불쑥 돋아 있다.

생각해보니 감자를 통째로 들여놓고 창고 문을 연 적이 별로 없는 것 같다. 처음 얼마간은 씨알이 굵은 감자를 여남은 개가

량 골라내어 솥에 쪄 먹기도 했는데 언제부턴가 창고에 감자를 넣어두었다는 사실을 까맣게 잊고 있다 이제야 그 생각을 한 것이다.

기도문처럼 긴 신음을 내며 제 몸에 푸른 독을 품어온 감자가 마침내 스스로 얽은 눈을 틔워 초록색 싹을 낼 때까지 나는 여전히 감자의 뭉툭한 몸과 허연 속살만을 기억하고 있었다. 어둠이 켜켜이 쌓인 창고에 갇힌 감자는 몇 번쯤은 목청 높여 비명을 질러도 보았을 것이다. 무심하게 흘러버린 그 숱한 시간의 더께를 뒤집어쓴 채 웅크리고 앉은 감자는 절망하고 또 절망하였으리라. 기다림의 마음도 너무 오래되면 맥이 풀리고 결국 시름시름 앓게 되지 않던가.

지난겨울은 너무도 춥고 길어 더디 오는 봄을 원망하였다. 이 차갑고 답답한 공간 속에서 속히 벗어나고 싶다고, 이제 그만 나를 놓아달라고 감자들처럼 소리를 지를 수조차 없었던 나는 그저 구석에 웅크려 앉아 언젠가는 오고야 말 따뜻한 봄을 마냥 기다릴 수밖에. 그나마 기다림이 있어 앓기도 했었고 아프다는 사실만으로 살아있음을 확인하기도 했다.

썩어가는 감자의 몸에서 새로 싹이 돋아나는 이치를 설명할 수 없는 것처럼 삶은 내게 얼마나 부조리하고 난해한 공식을 던져 주었던가. 인생은 단 한 번도 나를 속이지 않았지만 언제부턴가 나는 인생을 믿지 않게 되었다. 창고 속 감자처럼 너무도 막막한 어둠에 갇혀 날 수 없는 날개를 겨드랑이에 품는 일이 과연 옳은 것인가에 대해 수없이 물음표를 던져보기도 했었다.

어쩌면 창고 속 감자는 똬리를 틀고 동면에 들어갈 준비를 하는 갈색 뱀처럼 어둠의 발등을 힘겹게 넘으며 또 다른 수태를 꿈꾸었는지 모른다. 안으로 삭이지 못해 번뜩였을 저 서슬 푸른 독기는 급기야 감자의 온몸을 녹슬게 하였으리라.

새가 알을 품듯이 감자도 제 스스로를 다독이고 품으며 그 긴 시간을 견뎌갔을 것이다. 하지만 오랜 기다림의 눈물 끝에 짓무른 눈언저리가 보라색 멍이 들고 마침내 성난 뿔이 돋아날 즈음 그 몸인들 온전하였을까. 가장 낡은 눈에서부터 싹이 자라난 감자는 절망의 늪에서 빠져나가려는 희망의 어깨살처럼 속으로 품어온 독과 상한 마음을 이렇듯 단호하게 바깥으로 드러내 놓은 것이다.

　마냥 순하고 어질게만 보였던 감자에도 이처럼 독한 구석이 있었다는 게 그저 신기할 뿐이었다. 독이 때로는 약이 되기도 한다. 사람이나 다른 동물들에게는 독이 해롭지만 감자의 입장에서 본다면 몸속의 독성은 종자를 번식시키기 위한 유일한 보호책이 되었으리라. 만약 감자가 창고 속에 갇히지 않고 겨울 벌판에 묻혀 있었다면 아마도 야생 동물의 좋은 먹잇감이 되었을 게다. 싹을 제때 틔우지 못한 녀석은 다른 동물의 먹이가 되고 눈치껏 빨리 틔운 녀석은 갓 자란 싹의 독성으로 생태계의 먹잇감이 되는 화를 면하게 되는 것이다. 보잘것없는 감자 한 알도 다음 세대를 잇기 위해 저토록 아픈 부활을 꿈꾸건만 나는 왜 아직도 어둠 속에서 몸을 사리고만 있는 것인가.

　감자의 몸에도 뼈가 있다면 그건 아마 투명한 슬픔일 것이다. 서서히 죽어가는 몸과 동시에 자라나는 열망 사이의 여백이 겨울바람처럼 마음을 아리게 하였을 게다. 저렇듯 투명한 슬픔조차도 최첨단의 엑스레이는 선명하게 촬영해 낼 수 있을까. 나무 상자 속에는 다른 감자에 짓눌리거나 창고의 습기로 인해 벌써 반쯤이나 썩어버린 불운한 감자도 있다. 빨리 골라내지 않으면 멀쩡한 감자까지 죄다 못쓰게 될 성싶다. 바구니 두 개를 놓고 감자 살생부殺生簿를 만든다. 제 앞가림도 못 하는 주제에 염라 대왕이라도 된 듯 의기양양하여 먹을 감자와 버릴 감자를 골라 낸다. 아직 싹을 틔우지 않아 표면이 매끈하고 둥글둥글한 감자는 가까운 바구니에 살짝 놓고 뿔이 나서 못생긴 감자와 썩은 감자는 멀리 있는 감자 바구니에 마구 던져 넣는다. 가까운 벗이 보았다면, 허물 덩어리인 제 모습은 볼 줄 모르고 못난 감자는 잘도 골라낸다며 은근슬쩍 나를 비웃지 않았을까.

언젠가 소설가 이문열 선생의 글 속에서 발견한 구절처럼 나는 지금 내 자서전의 가장 힘든 부분을 쓰고 있는 것인지도 모른다. 이렇게 살 수도 없고 저렇게 죽을 수도 없을 때 서른이 가고, 마흔이 오더니 이제 슬그머니 쉰의 문턱을 넘게 되었다. 뿔이 나온 못생긴 감자를 골라 멀리 던져버렸던 내가 만약 감자로 태어났다면 지금 어떤 모양을 하고 있을까. 제대로 뜻 한 번 펴지도 못한 채 오늘이 가면 매번 어김없이 내일이 당도해 있을 것을 철저히 믿는 나는, 결국 푸른 독도 품지 못하고 성난 뿔하나도 내어놓지 못해 썩어버리고 마는 불량감자가 되지 않을까 언뜻 두려워지는 저녁을 품는다.

위조지폐와 구리 동전

얼마 전 뉴스에서 오만 원짜리 위조지폐를 만들어 사용한 범인이 붙잡혔다는 보도가 있었다. 위조지폐범은 스무 살가량의 나이로, 입대 전 아르바이트를 찾다가 적당한 일이 없어 이런 범행을 저지르게 되었다 한다. 친절한 아나운서가 위조지폐 감별법을 자세히 알려주어 혹시나 하고 내 지갑 속에 든 현금 중 오만 원짜리 위조지폐가 있는지 살펴보았다. 다행히 지갑 속의 지폐들은 한국은행에서 발행한 정품이었다.

옆에서 같이 뉴스를 보며 내 행동을 지켜본 딸아이가 위조지폐범은 어떤 벌을 받느냐고 묻는다. 어디에선가 스치듯 읽은 얄팍한 상식으로, 단순히 가담한 사람은 몰라도 위조지폐를 직접 만든 사람은 무기징역까지 무거운 형량을 받을 수도 있다고 했다. 딸아이는 고개를 갸우뚱거리며 사람을 죽인 것도 아닌데 자기가 쓴 만큼 돈을 갚게 하면 되는 것이지 무기징역은 너무하지 않느냐고 반문한다.

오만 원짜리 위조지폐범의 잘못에 대해 대수롭지 않게 여기는 딸아이의 반응을 지켜보다가 불현듯 어릴 때의 내 모습이 떠올랐다. 지금까지 살아오면서 크게 잘못한 일은 없는 듯하나 아직도 양심에 가책을 느끼는 일이 하나 있다.

어렸을 때 우리 마을 초입엔 조그만 구멍가게가 있었다. 머리가 하얗게 세고 얼굴에 주름이 쪼글쪼글 잡힌 할머니가 가게를 지키고 계셨다. 할머니는 파리채를 들고 있다 물건 위에 내려 앉는 파리들을 때려잡기도 하고, 장난감을 구경하러 온 척하다가 슬쩍 물건을 집어가는 동네 개구쟁이들을 그것으로 과감히 응징하기도 했다. 이웃 사람들을 상대로 얼마간의 목돈을 빌려주고 이자를 받기도 했는데, 만일 약속한 날짜보다 이자 지급이 하루만 늦어도 할머니는 그냥 두고 보는 법이 없었다. 가끔은 우리 엄마도 빌려 쓴 돈을 제때 갚지 못해 동네 사람들 앞에서 수모를 당하는 것을 본 적이 있었다. 모은 돈이 많으면 좀 베풀 줄도 알아야 하는데 돌아가실 때 모두 다 짊어지고 가실 모양인지 돈 한 푼에도 인색하게 구는 할머니의 모습은 마치 동화책 속에 나오는 마귀할멈 같아 보였다.

어느 날, 구멍가게 앞을 지나가는데 발갛게 잘 익은 복숭아가 바구니에 가득 담겨 있었다. 그냥 보고만 있어도 침이 꼴깍 넘어가는 복숭아를 먹고 싶어 엄마의 치맛자락을 붙들고 늘어졌지만 쌀 살 돈도 없는데 뭔 과일 타령이냐며 손사래를 치셨다. 며칠을 졸라보고 생떼도 부려봤지만 매번 돌아오는 대답은 한결같았다.

잔뜩 눈독만 들이다가 그날도 변함없이 할머니 가게 앞을 지나게 되었는데 그동안 잘 진열되어 있던 복숭아 바구니가 사라지고 없었다. 복숭아가 다 팔렸나 보다 하며 아쉬운 마음으로 모퉁이를 돌아가는데 내가 그토록 먹고 싶어 했던 그 다디달았을 복숭아가 구멍가게 할머니의 화단 구석진 곳에 아무렇게나 쏟아 버려져 있는 것이 아닌가. "저렇게 썩혀 버릴 걸, 먹고 싶어 안달하던 애들에게나 좀 나눠줄 것이지." 지나가던 한 아주머니가 혀를 끌끌 차며 가게 할머니 흉을 보았다. 버려진 복숭아가 원래 내 것도 아니었는데 나는 당연히 내가 먹을 수 있었던 것을 그 할머니의 욕심 때문에 못 먹게 된 것 같아 괜히 속상하고 애석했다.

가끔 동네에서 어른들끼리 싸우는 소리가 나서 나가보면 항상 구멍가게 할머니가 끼어 있었다. 할머니는 자신이 좀 불리하다고 생각이 되면 "우리 아들이 누군 줄 알아? 경찰이야, 경찰!" 하고 소리쳤다. 동네 사람들은 파출소 순경이 뭐 그리 대단한 벼슬이냐고 응수했지만, 그때만 해도 내게는 반짝이는 계급장을 단 덩치 큰 그 집 아들 경찰 아저씨가 무섭기만 했다.

그러던 어느 날, 동네 오빠들이 골목에서 수군대는 소리를 우연히 듣게 되었다. 그렇게 자존심 세고 기고만장하던 할머니가 낫 놓고 기역자도 모르는 까막눈이라는 이야기였다. 그런 것이었구나. 구멍가게의 벽에 걸린 외상값 장부에 막대기처럼 그어놓은 이상한 그림은 숫자를 모르는 할머니가 자신만이 알아볼 수 있게 표시를 해놓았던 것이었음을 그때야 확실히 알게 되었다.

며칠 뒤, 엄마 일을 도와드리고 받은 십 원짜리 구리 동전을 식초와 소금을 묻혀가며 반짝반짝 빛이 나도록 닦고 또 닦았다. 십 원짜리 동전의 크기가 백 원짜리 동전과 비슷했기 때문에 숫자를 모르는 구멍가게 할머니라면 응당 동전의 크기와 빛깔만으로 구분할 것이 분명하리라는 생각을 하며 슬슬 악동의 기질을 발동하기 시작했다.

이튿날 의기양양하게 구멍가게로 들어선 나는 먹고 싶은 과자를 십 원어치만 사고 어젯밤에 잘 닦아놓아 유난히 반짝이는 십 원짜리 구리 동전을 내밀었다. 그리고는 가게에서 나올 생각을 않고 할머니의 눈치만 계속 살피고 있었다. 할머니는 내가 건넨 동전을 살펴보더니 뭔가 이상하다 싶었던지 촉수 높은 백열등을 켜고 돋보기까지 들이대었다. 의심의 눈초리로 마지 못해 잔돈 구십 원을 거슬러 내 손에 놓아주실 때까지 흐른 시 간이 얼마나 길게 느껴졌던지 모른다. 간은 콩알만 해졌고 내 심장이 벌렁거리는 소리가 혹시 바깥으로 새어나오는 것이 아 닌가 싶기도 했다.

　가게를 나오며 속웃음을 애써 참느라고 혼났다. 긴가민가하 면서도 자신의 무지함이 들통날까 봐 동네꼬마에게 안절부절 못하는 욕심쟁이 할머니를 곯려 먹은 것이 너무나 통쾌했다. 몇 번 더 속여 볼까 생각도 했었지만 가게에 들어서면 도둑놈 이 제 발 저린다고 할머니가 나를 이상한 시선으로 쳐다보는 것 같았고, 꼬리가 길면 밟힐지도 모른다는 생각에 잘 닦아 주 머니에 넣어둔 구리 동전을 더 이상 내놓지 못하였다. 그 이후 로 구멍가게를 지날 때마다 할머니와 눈이 마주치지 않도록 땅 만 보고 걷거나 일부러 잰걸음으로 가게 앞을 지나쳤다. 중학 교에 진학하고 고등학교에 입학할 때도 할머니를 속여먹은 일 이 늘 마음에 걸렸었다.

항상 파리채를 휘두르며 가게 앞 나무의자에 앉아계셨던 할머니가 언제부턴가 보이지 않았다. 나중에 들은 이야기로 할머니는 큰 병을 얻어 경찰관인 아들 부부가 서울에 있는 대학병원으로 모셔갔다고 한다. 그 뒤 얼마 되지 않아 할머니가 돌아가셨다는 소식이 들렸고 구멍가게는 다른 곳에서 이사 온 사람에게 급히 팔렸다.

그때는 어렸고 세상 이치를 잘 몰라서 그랬다지만 돌이켜 생각하면 오만 원짜리 위조지폐범이나 십 원짜리 구리 동전을 반짝반짝 닦아 백 원짜리로 둔갑시켜 동네 할머니를 속인 것이나 그 죄질로 보아서는 오십보백보가 아닌가.

못 배운 것이 죄도 아닌데 무슨 큰 약점이나 잡은 듯 구멍가게 할머니를 곯려 먹었던 죄스러움이 아직도 가슴 밑바닥에 앙금처럼 남아 있다. 할머니가 다시 살아나지 않는 한, 철없던 어린 시절에 부당하게 받은 거스름돈 구십 원은 평생 갚을 길이 없을 듯하다.

요즘은 길 가다가 땅에 떨어진 십 원짜리 새 동전을 보면 주워 볼 생각조차 하지 않는다. 60년대엔 십 원짜리 동전으로 큰 성냥 한 갑이나 달걀 한 개를, 70년대엔 화랑 담배 한 갑이나 라면땅 과자 한 봉지를, 80년대엔 공중전화를 걸 수 있었고, 90년대엔 풍선껌 하나를 살 수 있었다. 그런데 지금은 십 원짜리 동전으로는 살 수 있는 게 없다. 대신 인터넷엔 실생활 속에서 십 원 동전 활용법이 넘쳐난다. 꽃병에 넣어 물 썩는 걸 막고, 싱크대 배수구에 넣어 악취를 없애며, 컴퓨터 모니터 옆면에 붙여 전자파를 차단하는 것이 십 원짜리 구리 동전의 중요한 역할이 되었다.

한국은행법은 동전이든 지폐든 "법화法貨로서 모든 거래에 무제한 통용된다."고 규정하고 있다. 십 원도 엄연한 돈인 것이다. 어른들이 용돈 달라고 보채는 자식들에게 흔히 "온종일 땅을 파 봐라, 십 원짜리 동전 하나 나오나."라고 말한다. 십 원짜리 동전 하나의 물질적 가치는 별것 아니어도 십 원이라도 벌기 위한 노동의 가치는 소중하다는 뜻일 것이다.

그 옛날 내가 미처 써먹지 않은 수법을 요즘 머리 회전 빠른 사람들이 써먹는데, 십 원짜리 옛 구리 동전을 모아 녹인 다음 구리 괴塊를 만들어 팔아먹는 일까지 생겼다 한다. 원자재값이 폭등하고 구리 값이 비싸지다 보니 십 원짜리 동전이 또 수난을 겪고 있다. "구리 동전 녹여 팔기" 이것 또한 쉽게 벌고 쉽게 살려는 세태가 낳은 블랙코미디가 아닌가 싶다.

폐타이어

경로당 앞 공터에 폐타이어 하나가 누워 있다. 평생 짊어
지고 살았던 것들의 절반쯤은 내다 버린 듯 몸무게가 한결 가
벼워진 경로당의 노인들처럼 가슴 한가운데가 뻥하니 뚫렸다.
어딘가에서 제 스스로 굴러온 것인지, 어둠과 손을 잡은 주인
이 슬그머니 놓고 간 양심인지 알리바이가 불분명했던 바퀴는
오래도록 침묵을 지키고 있었던 터다.

늘 오가는 길이지만 건성으로 지나쳤는데 폐타이어 주변으
로 아예 군락을 이뤄 피어난 애기똥풀 노란 꽃들이 오늘은 따

사로운 햇볕을 즐기며 몹시 재잘거리고들 있는 듯하다. 앙증맞은 노란 꽃을 다닥다닥 달고 있는 그 꽃이 애기똥풀 꽃이라는 것도 볕 쬐러 나온 동네 할머니께 물어 알게 되었다.

숙명처럼 지고 다녔던 차의 무게에서 벗어나 뒤늦게 얻은 자유를 만끽하는 그의 자세는 오히려 적요하다. 허옇게 탈색된 바퀴 표면은 선명했던 주름들이 닳고 닳아 없어진 지 오래다. 달려온 길들을 끌고 온 뒤 무덤처럼 이곳에 뿌리를 내려 길 위의 집이 된 굴레는 공기 대신 흙모래로 몸을 메워 작은 생명들의 요람이 되었다. 깊게 팬 몇 겹의 껍질들은 힘겨웠던 마찰의 흔적을 간직하고 있는데, 숨가쁘게 달려온 생전의 길 위에는 아직도 바퀴의 뜨거운 피가 흐르고 있는 것일까.

여기에 자리를 잡기 전엔 목적지를 향해 앞만 보고 전력 질주했을 탄탄한 몸이었을 게다. 지금은 아무짝에도 쓸모없이 내버려지는 신세가 되었지만 이따금 흙먼지를 풀풀 날리며 덤프트럭이 지나가면, 폐타이어는 자신이 달려온 길을 슬며시 떠올려보기도 했으리라. 때로는 과속으로 아찔한 순간도 겪고 험한 곳을 달리다가 온몸에 펑크가 나기도 했었을 고단한 길 위의 삶. 속도에서 벗어나기 위해 더욱더 빨리 달려야 했던 그는 가끔 자신에게 주어진 세상의 바깥으로 튕겨 나가고 싶다는 생각도 하지 않았을까. 한끝, 희망을 잡고 달려온 길은 이제 시작도 끝도 알 수 없는 아득한 거리에 있고 어느 순간부터 속도를 잃게 된 몸은 떠나온 도시의 소음과 무질서한 질주의 흔적을 애써 지워보려는 듯하다.

폐타이어에 감겼을 헤아릴 수 없는 길들을 어림잡으며 지나온 내 삶의 길을 돌이켜본다. 눈감고도 찾아갈 수 있는 길을 많이 알면 알수록 삶은 이토록 여위어가는 것인가 싶기도 하다. 한낮에 내리쏟는 햇살로 배불러진 차바퀴에도 하늘의 따스한 기온이 전해졌나 보다. 폐타이어의 둥그런 굴레를 둘러싸고 애기똥풀 옆에 쇠뜨기풀이며 민들레 같은 눈에 익은 풀꽃들이 서로 고개를 맞댄 채 옹기종기 모여 서로 얼굴을 부비고 있다. 폐기처분된 고무 타이어가 이다지도 풍요로운 세상을 펼쳐낸다는 것이 좀체 믿기지 않았다.

어렸을 적의 나는 동그랗게 생긴 것들이라고는 죄다 한 번쯤 굴려보아야만 직성이 풀리는 아이였다. 주머니 속에서 꺼낸 알록달록한 유리구슬도, 마을 공터에서 오빠가 벽을 향해 뻥뻥 차대던 축구공도, 옆집 아이가 잠시 세워놓고 간 굴렁쇠도 무작정 데굴데굴 굴려보고 싶었다. 마당에 세워둔 리어카 바퀴나 아버지의 삼천리호 자전거 바퀴도 내 손길을 벗어날 순 없었다. 몸체에서 분리하여 굴려볼 순 없었지만 그 자리에 세워둔 채로 돌려보는 재미도 쏠쏠했다. 몸이 둥근 물건들은 구르고 또 굴러서 언젠가는 그 몸 중심에 숨겨둔 날개를 펼쳐 하늘 높이 날아오를 것만 같았다.

잠시 세워둔 자전거만 있으면 쪼르르 달려가 은빛 바퀴를 힘껏 돌려보는 어린 딸이 혹여 바퀴살 속에 손가락이라도 끼어 다치지나 않을까 아버지는 항상 조마조마해하셨다. 어떤 날도 바퀴 돌리기에 신바람이 났었는데 아버지가 뚜벅뚜벅 다가오시더니 냉큼 나를 안아 올려 자전거에 태우셨다.

"저 멀리 바람이나 쐬러 가자."

우리 마을에도 잘 부는 바람을 왜 멀리까지 나가서 쐬어야 하는지 그때는 이유를 잘 알지 못했다. 지금 생각해보면 아버지가 탄탄대로라고 믿었던 삶이 수차례 오르막과 내리막을 거듭하다 보니 답답한 것이 한두 가지가 아니었을 게다. 하지만 힘들다고 어깨에 짊어진 무거운 짐을 덥석 내려놓을 수도 없는 일. 감춰두었던 속내를 더욱 단단히 여미려고 굳이 멀리까지 가서 바람을 맞으려 했던 것은 아닐까.

어찌되었건 먼 길까지 자전거 바퀴를 힘차게 돌리는 아버지의 모습은 전쟁터로 말을 몰아가는 용맹스러운 장군처럼 보였다. 쉴 새 없이 굴러간 바퀴는 우리 마을과는 너무나 색다른 넓고 큰 세상으로 데려다 주었다. 자전거가 멈춘 곳엔 사람들이 정말 많았다. 도깨비시장이라도 열린 듯 여기저기 신기한 물건들을 내놓았고 그곳에 모여든 사람들이 와자지껄 무어라고 한참을 떠들어댔다. 우리 마을에 없는 신기한 것들이 너무 많아 내 눈은 휘둥그레졌다. 이발관도 있었고 전파상도 있었다. 그 중에 내 발길을 꼭 붙들어 맨 곳은 만화방이었다. 아버지는 내가 보고 싶은 만화를 몇 권 고르라고 하시더니 돈 몇 푼을 주인에게 주고는 장부에 이름을 적어놓고 왔다. 생전 처음 보는 그림책을 안은 내 가슴이 벅찬 기쁨으로 요란하게 방망이질을 해대었다.

그 후로도 아버지는 일이 꼬일 때마다 끊이지 않는 어머니의 잔소리를 피해 "바람이나 쐬러 가자" 며 자전거 세워진 곳으로 내 손을 끌었다. 막막하기만 한 생의 변두리를 돌다가 중심을 향한 길로 들어서기 위해 혼자서 얼마나 힘드셨을까 하는 생각은 병원 중환자실에서 갑자기 호흡이 가빠진 아버지에게 의사가 산소마스크를 씌우던 그 순간에 얼핏 머릿속을 스쳐 지났을 뿐이다.

아버지가 부지런히 돌려온 생의 바퀴가 가장 나중에 닿았던 곳이 어디였는지 가늠할 순 없다. 하지만 아버지와 함께 멀리 나가서 맞은 바람은 지금도 내 가슴 한복판을 서늘하게 관통하며 어떠한 어려움에도 절망하지 않는 여문 씨앗 하나를 떨쳐놓고 갔다.

경로당 담벼락 흙무더기에 몸이 반쯤 묻힌 폐타이어는 무거운 세상 짐 모두 내려놓고 이제 안식의 땅에 편히 누우신 아버지를 떠올리게 한다. 삶이란 단지 바람이 우리 곁을 스쳐 가는 것처럼 존재를 느끼지 못하거나 젖은 몸을 말려줄 햇볕이 잠시 내리쬐다가 딴 곳으로 옮겨가는 것처럼 무상無相한 것. 어리석게도 나는 주위를 돌아볼 겨를도 없이 폐타이어처럼 엄청난 속도를 내며 앞만 보고 달려왔다. 그리 멀지 않은 인생길, 천천히 가도 늦지 않다는 것을 깨닫지 못하고 정작 소중한 사람을 다 잃은 지금에야 이제껏 내가 인생의 헛바퀴를 굴려 왔다는 것을 알게 되었다.

아주 먼 어느 날, 우리가 인연이라 말하던 그 순간도 다 쓰고 나서 바람 빠진 폐타이어처럼 닳아진 허물만 남아 저렇듯 덩그러니 한 곳에 쌓일 것이다. 속도를 잃고 몸의 바퀴가 다 닳아 멈추었을 때 비로소 길에서 자유로워진 바퀴처럼, 아버지는 치열하게 살아온 이승의 끈을 놓고서야 세상으로부터 홀가분해지셨다.

비바람에 한결 더 삭아버린 폐타이어의 몸 위에 이름 모를 풀들이 자꾸만 자라난다. 이제 아무것도 가지지 않았지만 저 부드러운 흙들을 감싸고 있는 폐타이어가 새 생명을 움트게 하는 것이다. 죽음은 결국 또 다른 삶을 기약하는 것인지도 모른다. 둥그런 몸을 비집고 든 작은 벌레들이 그들의 아늑한 보금자리를 튼다. 폐기되었으나 아직 죽지 않은 육체가 키워가는 생명들은 내가 꿈꾸어온 세상, 그 신선했던 공기의 질량만큼 무성하고 쾌활하다.

투명하게 낡아가는 것들의 시간

시골집 툇마루에 나와 앉는다. 무심코 바라본 처마끝에 시래기와 우거지 몇 다발이 걸려있다. 바싹 말라비틀어진 이파리들이 밧줄에 매달린 목숨처럼 처연하다. 단 한 방울의 물기마저 모두 떨어낸 잎사귀들은 얼굴색마저 누렇게 떴다. 마른 몸이 되기 전, 푸릇푸릇한 머리는 하늘로 치켜 오르고 물오른 줄기가 희망으로 불끈 솟구쳤을 때도 있으리라.

어느 해 늦가을, 혹은 어느 겨울 초입에 매달아 둔 것일까. 거둬들일 손길 사라진 지 오래된 빈집 처마끝엔 꼬아 엮은 지푸라기 매듭이 느슨해지기까지 서리에 얼고 눈 맞아가며 투명하게 낡아간 시간들이 함께 머물러 있다. 그 줄에 엮여 절대로 놓아서는 안 될, 평생이 아니라 저승에까지라도 가서 매달려야 할 이유가 있는 것일까.

가난에 익숙한 사람들은 목숨 하루 넘기는 것이 피말리는 것과 같아서, 몸이 우는 소리조차 뼛속에 눌러 가두고 먼 이국의 사막처럼 정갈하게 말라버린 어머니. 그 깊었던 신음처럼 바싹 마른 이파리들은 가생이부터 바스러진다. 어쩌면 쓰라리듯 지독한 슬픔을 그냥 삼킨 탓에 가슴속에 난 생채기의 흔적인 듯도 하고 속 깊이 숨겨둔 울음인 듯싶기도 하다.

미라처럼 말라 앙상하게 야위어가는 저 우거지들도 맨 처음엔 언땅을 가장 먼저 뚫고 나온 연한 잎들이었다. 눈뜨지 않은 씨앗을 틔워 푸른 싹을 나게 하고 가장 바깥에 나서서 폭우와 흙먼지를 뒤집어쓰며 알심을 단단히 여물게 한 것이 저들이었다. 속잎을 차곡차곡 채우기 위해 오뉴월 염천에 온몸이 타들어 가고 장맛비에 껍질이 죄다 짓물러져도 제 한 몸 기꺼이 내어준 것이 저들이다.

그렇게 하루하루 낡아갔지만, 고갱이만을 택하고 난 뒤 사람들로부터 맨 먼저 버림받은 것들 또한 저들이다. 밑동과 함께 덩그러니 남겨진 늙은 배춧잎은 밭고랑에서 그대로 썩거나 운 좋게 차에 실려 가더라도 새벽시장 채소 상인들에게 못난 허물처럼 벗겨져 한쪽으로 내던져지는 신세였다.

그나마 저들의 푸르렀던 날을 기억하는 손에 부지런히 갈무리된 푸성귀들은, 황토집 처마밑에 달리거나 흙벽에 붙어 한겨울을 난다. 간간이 드는 햇볕에 몸을 말리고, 먼 데서 불어온 바람이 전하는 말을 바스락거리며 듣는 것이다. 그러다가 까다로운 입맛도 변하고, 음식의 취향도 곤궁해져서 문명의 풍요로 채울 수 없는 어떤 빈곤의 시기가 오면 사람들은 질깃질깃하던 그 옛날을 떠올리게 되리라. 잘 불리고 잘 삶지 않으면 지푸라기같이 질겨서 먹기 사나운 음식이지만, 질겅질겅 씹히던 가난을 떠올리며 옛 기억의 허기를 메우기 위해 흙벽에 달린 시래기 다발을 걷어 들이지 않을까.

투명하게 낡아가는 것들은 그때를 기념하기 위해 지금 찬 서리를 맞고 눈에 젖으며 느릿느릿 시간을 탈색하고 있는 것이다.

제2부
바람 부는 날엔

강변 여관

날은 어두워지는데 하룻밤 묵어갈 만한 곳이 눈에 띄지 않는다. 저물어가는 강물로 투신한 노을의 붉은 심장이 물너울 위에 낭자하다. 걷다가 무료해져서 허공에 손을 휘저어 보기도 하는데 아무것도 잡히지 않는다. 고개를 젖히고 하늘을 치켜 올려다본다. 얼마나 젖었는지 가늠할 수 없는 구름의 무게가 얼굴 위로 철퍼덕 내려앉는다.

가까운 숲 속에서 푸드덕거리는 소리가 난다. 일찍이 보금자리를 헤치고 나간 새들이 어두워지자 다시 숲으로 돌아온 모양이다. 하지만 새는 보이지 않는다. 새소리가 새들보다 먼저 도착한 것인가. 아니면 아침에 새들이 떨구고 간 날개짓 소리만 숲에 혼자 남아 있었던 것일까.

물뱀 한 마리, 강변 둑 길섶에 서성인다. 놈이 움직이지 않았다면, 기다란 끈이 널브러져 있는 거로 보고 냅다 밟고 지나갈 뻔했다. 살모사나 까치독사처럼 강한 독성은 없다지만 몸 전체에 징글맞은 가로띠 모양의 흑갈색 무늬가 줄지어 있어 놈의 눈과 내 눈이 맞닥뜨린 것만으로도 온몸에 소름이 쫙 끼친다. 흠칫 놀라 뒷걸음치자, 저도 뒤늦게 알아챘는지 얼른 갈대숲 속으로 미끄러지듯 기어들어간다.

언젠가 길벗과 함께 나선 여행길에서 오늘처럼 물뱀을 만난 적이 있었다. 놈은 물에서 나와 둑길 건너편 비탈진 흙벽을 힘겹게 오르고 있었다. 우리를 발견하자 화석처럼 꼼짝 않고 그 자리에 붙어있었다. 놈과 같이 길바닥에 얼어붙은 건 나도 마찬가지였다. 길벗은 물뱀이 길을 잘못 든 것 같다며 숲에 버려진 작은 나뭇가지에 뱀을 칭칭 감아 재빨리 물속으로 던져 넣어 주었다. 한낱 미물에 지나지 않는 존재라 그냥 지나칠 수도 있었겠지만, 길동무는 물뱀 또한 사람처럼 소중한 생명체라 여겼던 것이다. 이렇게 한적한 길에서는 물뱀조차도 반가워야 할 대상이건만, 놈에게 선뜻 가까이 다가갈 수 없는 것은 겉모습에 대한 선입견에서 쉽게 벗어나지 못한 평수 좁은 인간의 옹졸한 마음 탓임에랴.

이쯤이면 낡은 여관이라도 하나쯤 있을 법한데 시야에 얼른 들지 않는다. 내게 여유만 좀 있다면 이런 강변에 여관 하나쯤 뚝딱 짓는 것은 일도 아니다. 사위四圍가 금방 어둑어둑해지니 자꾸만 마음이 조급해져 온다.

내 발걸음을 뒤따라오던 흰 낮달이 강변을 걸어오는 동안 어디쯤에선가 붉은 저녁달이 되었다. 저녁밥을 짓는지 시골집 낮은 굴뚝에서 모락모락 오르는 연기를 보면 이승에서 다시는 만날 수 없는 어머니의 모습이 자꾸만 그 위에 겹쳐진다. 무어 그리 서러울 것도 없고, 해가 지기 전에 반드시 숙소로 돌아가야 할 이유도 딱히 없는데 어둑살이 내리면 괜히 코끝이 맵고 눈시울이 뜨거워지며 발걸음조차 바빠지는 건 왜일까.

　마을을 지날 때 문득 눈에 든 산수유 꽃을 닮은 생강나무 꽃. 이름만 그렇고 생강은 하나도 열리지 않는 나무. 그 잎 여릴 때 만나, 무성하게 산그늘 될 때까지 그 향기 맡으며 살고 싶다는 생각을 한다. 어느 날 무심하던 생강나무가 가지마다 노란 팝콘 같은 꽃들을 팡팡 터뜨려 놓으면 그 눈부신 불꽃놀이를 태고太古의 시간 속에 옮겨 두어도 좋으리라. 해거름에 울적해져 내 안에서 한동안 머물던 속울음이 바람에 실려, 돌에 새긴 비문 속으로 들어간 뒤에도 강물은 여전히 제 속을 열지 않는다.

　이렇게 걷다가 운 좋게 싸구려 여관이라도 만나게 되면 눈 딱 감고 그곳에 한 열흘쯤 머무를지도 모르겠다. 일렁이는 강물 위에 나는 너무도 많은 이름을 썼다 지웠다. 강변에 여관이 있다면 아마도 이런 일들을 더는 하지 않아도 될 것이다. 천 개의 별이 빠져도 꿈쩍 않고 천 개의 달이 빠져나와도 끄떡 않는 물의 가슴은, 이렇게 하루가 가고 또 오며 한 달이 가고, 한 해가 오고, 모든 한살이가 오고 가지만 그런 것쯤은 아무 일도 아니라는 듯 고요히 깊어 간다.

　손전등 하나에 의지해 얼마를 더 걸었을까. 강가를 따라오며 내가 걸어온 길보다 걸어가야 할 길이 더 많이 남았다는 것을 알게 되었다. 어둠이 물의 정수리를 밀어내는 새벽, 희미한 빛을 받으며 피어오르는 물안개 속으로 모든 소리가 길을 낸다. 천리향 먼 향기가 바람 끝에 실려 오는 소리가, 이슬이 동그랗게 말려 풀잎을 구르는 소리가, 더워진 물방울이 수면 쪽으로 올라가는 소리가 이제야 들린다. 맑은 어둠살 속에서 사라지는 경계들을 강물이 모두 품고 나직하게 흐르는 것이 이제야 보인다.

　누군가 이 강변에 숙박시설을 짓는다면 그리 높지 않은 층수로 지었으면 좋겠다. 그곳을 강변여관이라 이름 붙여준다면 더할 나위 없이 고맙겠지만, 나그네가 묵어갈 수 있는 곳이라는 표시만 해두어도 문제 삼을 생각은 전혀 없다. 강변에 지어진 여관에 오래 묵게 된다면 아마도 나는 주인에게 강물의 혜적임을 가까이에서 볼 수 있는 삼 층 방을 달라고 부탁할 것 같다.

높지도 낮지도 않은 눈높이에서 바라다보는 강변 풍경은 다른 층보다 한결 아늑함을 줄 것이다. 여장을 푼 뒤 지친 몸을 씻고 나오면 장독 여남은 개 놓여 있는 여관 앞마당에는 수수꽃다리 향기가 풀풀 날아오르고, 담장 아래 버티고 선 은목서 몇 그루가 못다 한 열망의 가슴앓이를 시작하지 않을까. 어둠은 시나브로 강변을 덮어올 것이다. 그때쯤 나는 희미한 사유의 시간 속으로 천천히 걸어 들어가 방안에 조그만 촛불 하나를 밝히고 싶다. 촛불을 켜면 이제껏 내가 걸어온 길 위에서 지은 생生의 업業들이 나무들의 잎맥처럼 선명하게 되살아날지도 모를 일이다.

이제는 어딘가에서 좀 쉬었으면 하는데 벌써 날이 밝아온다. 강변여관에 묵고 싶다는 소박한 꿈을 접고 오래된 나무 그루터기에 걸터앉는다. 먼 길 걸어온 나그네에게 지금도 걸을 길이 남아 있다는 것은, 강물처럼 사무치는 그리움에 아직 닿지 못하였다는 전언傳言인가.

돌싹

강원도 산골 외진 산사의 절집에서 낡은 기와 두어 장을 얻어왔다. 앞마당 작은 텃밭 가장자리에 무심히 놓여있던 기와는 멈춰진 천년의 시간을 품고 있는 듯 고즈넉했다. 머리에 이고 온 세월, 지난한 시간의 두께를 되짚어보기라도 할 듯 낡은 기왓장을 이리저리 살펴본다. 묻어있던 흙을 떨어내고 물에 불려 솔로 살살 씻어내었지만, 세월의 흔적까지 감쪽같이 씻어낼 수는 없는 모양이다. 숨어있던 문양이 어렴풋이 드러난다. 역사의 어스름한 기억 한 자락을 몸에 두른 듯 푸른 이끼를 품은 모습이 짐짓 초연하기까지 하다.

얻어 온 기왓장을 어디에 쓸까 한참을 고민하다가 화분으로 쓰는 것이 좋겠다는 생각을 했다. 그러나 물 빠짐 구멍이 없는 기왓장에 식물을 기르는 것이 쉬운 일이 아니었다. 마사토 위에 야산 기슭에서 조금 떼어 온 이끼를 덮고 지난가을에 받아 두었던 야생화 씨를 솔솔 뿌렸다. 다른 기왓장에는 옆집 토분에서 잘 자라고 있던 연화바위솔 몇 개를 얻어와 옮겨 심었다.

기와 화분에 들이는 공이 만만찮다. 이끼가 마르지 않도록 분무기로 틈틈이 물을 주고 햇볕에 내놓았다 들였다 하며 얼른 터를 잡아 뿌리를 내렸으면 하는데 내 마음을 아는지 모르는지 야생화 씨앗을 뿌려둔 기와 화분은 보름이 지나도록 감감무소식이다. 한낮에 따갑게 내리쬐는 햇볕을 가리느라 여름에 쓰던 대발을 쳐서 그늘을 만들어 주기도 했지만 옮겨 심은 연화바위솔은 뿌리를 내리기가 여의치 않은 듯하다. 기와가 습기를 오래 머금을 수 없어 늘 분무기를 손에 들고 살았는데, 며칠 동안 시들시들해 있더니 결국은 여러 바위솔 중, 큰 바위솔 하나만 남겨 놓고 옆으로 새끼를 쳤던 작은 바위솔들은 죄다 말라죽었다.

애초에 비어있던 것이었는데 거기에 흙을 담고 이끼를 덮고 씨를 뿌린 것이 잘못이었을까. 빈 그릇에 무엇을 담아놓거나 허전한 빈 마음에 무언가를 채워보려고 마음먹는 순간, 그것에 대한 집착이 생기게 되는 것 같다. 그러다 보면 이전에 자유로웠던 몸과 마음이 그로 인해 묶여버린 꼴이 되고 만다. 이렇게 마음 상하려고 기왓장을 얻어 온 것은 아닌데 그 결과는 뜻밖이었다. 화분이라고 하기엔 너무도 불완전한 기와에 식물을 키워 보려 했던 것이 지나친 욕심이라는 생각이 들었다. 그러나 여전히 빈 마음에 채우지 못한 그 무엇처럼 지쳐가는 날들이 반복되었고, 나는 또 빈 마음에 무엇을 채울 것인가를 고민하고 있었다.

이끼로 덮인 낡은 기왓장은 마당 한구석으로 자리를 옮겼다. 가끔 다른 화초에 물을 주러 나가면서 흘낏 눈길을 준 적은 있지만, 싹이 나거나 말거나 이제는 관심 밖이었다.

한 달 남짓 되었을까. 장거리 여행을 하고 돌아온 어느 날, 오랜만에 마당으로 나왔다. 구석진 곳에 아무렇게나 쌓아둔 화분들을 정리하려다가 내 눈을 의심할 뻔한 광경과 맞닥뜨렸다. 다 죽어가던 바위솔이 마치 기와 화분을 죄다 덮어 버릴 듯이 맹렬한 기세로 뻗어 나가며 앙증맞은 바위솔을 새끼 치고 있었다. 구석에 밀쳐 놓았던 기와 화분 속에서는 먼저 난 바위솔이 죽고 그 영양분으로 새끼 바윗솔들이 생겨나서 줄기를 힘차게 뻗쳐가며 기와를 점령하고 있었던 것이다. 바위솔이 모두 죽었다고 팽개쳐버린 기와분에서 이런 경이로운 일이 생기다니 도무지 믿기지 않았다. 잠시 멀리 두었을 뿐, 아주 멀리 내다 버린 것도 아닌데 또 다른 생명의 움틈을 눈치채지 못한 내가 미욱스러울 뿐이었다.

더 놀라운 것은 다른 한쪽의 기왓장이었다. 그렇게도 뜸을 들이더니 야생화 씨앗이 드디어 발아하였는지 앙증맞은 새싹들이 초록 이끼를 뚫고 하나둘 키재기하듯 솟아올라 있었던 게다. 마른 기왓장이 싹 틔워 낸 생명의 고귀함에 가슴이 먹먹해지며 나도 모르게 '아!' 하는 탄성이 터져 나왔다. 넓적하고 메

마른 돌에 불과했던 먹색 기와는 마치 푸른 날개를 단 새처럼 하늘로 금방 날아오를 것만 같았다.

자연은 사람이 억지로 만든다고 해서 어느 순간 뚝딱 만들어지는 것이 아니었다. 때가 되면 저절로 되는 것이 자연의 법칙이었다. 마른 기왓장, 마른 돌이 싹을 내고부터 내 마음은 다시 편안해졌다. 꽃이 피려면 아직 더 오랜 시간을 기다려야 할 게다. 그러나 싹을 틔운 것만 해도 감지덕지다. 기왓장, 아니 돌에서 싹이 난 것이니 나는 그것을 돌싹이라 부르며 다시 집안에 들여놓았다.

가끔은 집에 다시 들여놓은 그 기왓장 화분을 보며, 글을 쓸 때의 내 모습이 마른 기왓장이 아니었던가 생각해보기도 한다. 마음 밭에 넓적한 돌 하나를 놓고 그 돌 위에 돌씨를 심은 뒤 물을 주고 햇볕을 쬐주며 갖은 정성을 쏟는다. 내 마음의 돌밭에서 돌씨가 싹을 내려면 어마어마한 시간을 기다려야 할 게다. 그러나 성미가 급한 나는 돌씨가 자연스럽게 발아되기까지 느긋하게 기다릴 줄을 모른다. 돌밭을 들쑤셔 뒤적거려도 보고 싹이 나지 않는 돌씨를 이리저리 헤집어 놓기도 한다.

어떤 날은 가슴 속에 든 돌이 시詩를 쓰기도 한다. 돌로 쓴 시詩는 묵직하기는 해도 종소리의 여운처럼 아릿한 울림이 없다. 또 어떤 날은 그 단단한 돌이 주절주절 말도 안 되는 긴 글을 끄적일 때도 있다. 이야깃거리는 되지만 차가운 가슴을 데워줄 온기는 없다. 온기 없는 돌밭에 뿌려진 돌씨는 좀체 싹을 틔울 생각을 않는다. 돌에 온기를 담으려고 입김을 불어넣고 가슴에다 품어도 본다. 돌은 그제야 조금은 따스한 기온이 느껴진다. 돌은 데워졌지만 이번엔 돌씨가 문제다. 너무 여물어서 조금은 더 말랑말랑해져야 할 내 마음속의 씨앗들. 단단하던 돌씨가 싹을 틔우기까지 애간장이 다 녹아 버릴 듯할 때도 있다. 그 격정과 인내의 시간을 무던히 참아내면 비로소 새싹 같은 푸른 언어 하나를 뽑아 올리게 되는 것이다.

어쩌면 마른 돌 위에 이끼처럼 숨 쉬고 있는 나, 그리고 또 다른 너. 가끔은 목마르지만 그래도 이렇게 살아가고 있다는 것은 말라가는 우리를 적셔주는 누군가가 있기 때문일 게다.

바람 부는 날엔

바람 부는 날엔 춤추고 싶다. 옥상 위에 널린 하얀 이불 홑청이 되어 출정하는 배의 돛 폭처럼 허공으로 힘차게 펄럭이고 싶다. 살아갈수록 때가 끼는 마음 자락을 씻어내어 볕 좋은 날 빨랫줄에 나란히 널어 말리고 싶다. 묵은 세월에 얼룩지고 땀내에 절은 나를 빨랫방망이로 탕탕 두들겨서 열 번이고 스무 번이고 맑은 물이 나올 때까지 헹궈내고 싶다.

어릴 적 외할머니는 빨랫비누에 치댄 속 고쟁이를 우그러진 놋양푼에 담아 바글바글 삶곤 하셨다. 삭아서 고무줄이 툭툭 터지는 속옷을 신명나게 방망이질하여 마당에 내다 말리곤 하셨는데 그때마다 "놀고 있는 햇볕이 너무 아깝다, 젖은 것은 죄다 내어 말려라." 하시던 말씀이 이제는 딸아이에게 내가 입버릇처럼 하는 말이 되었다. 저 무수한 햇볕을 공으로 쏘이면서 단 한 번도 그것에 고마워하지 않은 것이 그저 송구할 따름이다.

　살아가면서 얼마나 속을 삭이고 얼마나 더 너그러워져야 외할머니의 구멍 숭숭 난 속 고쟁이처럼 나달나달해지는 것일까. 거푸집 같았던 외할머니의 속옷을 개킬 때마다 부슬부슬 떨어지던 삭은 옷밥처럼, 가끔은 메마르고 궁상스런 삶이 삐죽대며 고개를 내밀 때가 있다. 감당하기 힘든 시간이 되면, 우리가 제대로 살고 있기나 한 것인지 아니면 죽지 못해 그냥저냥 견디고만 있는 것인지 누군가에게 묻고 싶기도 하다. 뱀 허물처럼 몸을 뒤집으며 후딱 빠져나간 시간의 빈 곳을 허망한 눈으로 바라본다. 그러나 부지런한 손끝이 눈보다 먼저 가서 후줄근해진 일상을 황급히 수습한다.

어디서부터인지 모르게 뒤틀린 생生은 젖은 빨래처럼 무겁고 고단하다. 높은 바지랑대 옆에 바투 널린 흰 옷이 패잔병이 치켜든 굴욕스런 백기처럼 보일지라도 한 번쯤 하늘에 두 손 번쩍 들고 아무 생각 없이 투항하고 싶다. 무지하고 약한 인간인지라 전지전능하신 하느님과는 더는 싸울 의사가 없노라고 무릎 한 번 납작 꿇은들 또 어떠리.

길을 걷다가, 마당에 빨래가 널린 집을 보면 나도 몰래 그 집 안으로 성큼 들어서고 싶다. 빨랫줄 하나에 온 식구가 다 걸려 있다. 바람이 덜어주고 햇살이 말려주지만, 식구들의 몸무게만큼이나 잔뜩 무거워진 빨랫줄을 바지랑대 혼자 이고 섰다. 촘촘하게 자리잡은 빨랫줄 위의 가족들, 어머니의 레이스 달린 블라우스 옆에 아버지의 긴 바지가 슬쩍 다리를 걸치고, 형의 운동복 윗도리에 플라스틱 빨래집게로 집힌 동생의 양말 한 켤레가 냉큼 올라앉아 있다.

울타리 너머 빨랫줄에 널려 빛나는 것은 빨래가 아니라 우리네 정다운 삶의 모습이다. 단절되었던 세상인심을 긴 줄로 다시 잇고, 얼룩진 양심은 양푼에 삶아내어 널어 두면 목화솜 같은 인정이 피어난 빨랫줄이 한바탕 신명나게 춤출 것이다. 맑은 바람, 밝은 햇살 아래서 빨래들은 생기 푸른 나뭇잎처럼 피가 돌아 반짝이고 우리는 살아 있다는 것만으로도 눈물겨울지 모른다. 서로 옹송거리며 몸 부비는 빨래들처럼 그렇게 붙어살다 보면 이심전심 아닌 것이 하나도 없을 듯하다.

삶이란 그런 것인가 보다. 긴 바지랑대가 받쳐 놓은 빨랫줄에 빈틈없이 널렸다 걷히며 다시 더러워질 것을 마다하지 않는 눈부신 흰옷의 반짝임 같은 것. 지난날 돌이켜보며 후회하기보다는, 남은 날을 아름답게 가꾸는 일에 희망을 걸고 행복을 걸어보는 것. 설령 아침나절에 내걸어 놓고 걷어야 할 시간을 깜빡 잊어버려 밤이슬 맞으며 비바람에 젖는 신세가 될지라도 빨랫줄 같은 아찔한 삶의 무대에서 함께 나란히 흔들리는 것.

낮에는 홀로 비어있던 집에, 저녁이 되면 뿔뿔이 헤어져 있던 식구들이 돌아와 다시 빨래로 널릴 것이다. 순하지 않은 바람에 때로는 온몸이 만신창이가 되어도 야무진 빨래집게의 힘으로나마 우리를 함께 묶어 두는 삶이었기에 정녕 외롭지만은 않은 것이다. 외줄에 힘겹게 매달려서도 빨래들끼리 다닥다닥 붙어 있는 것은 살 맞대고 살 수 있다는 끈끈함에 젖은 가슴 말리며 덩실덩실 춤추는 것이다.

가끔 옥상 위에 올라 바람에 날리는 빨래들을 본다. 나도 저 빨래들처럼 부는 바람에 자유롭게 몸을 내맡길 수 있다면, 저리 가볍게 흔들릴 수 있다면 좋겠다는 생각을 할 때가 있다. 빨래들이 의지하고 있는 외가닥 빨랫줄과 새로 산 플라스틱 집게의 완강한 악력握力의 의미를 깨달으려면 나는 또 얼마나 더 세상과 부딪치고 깨어져야만 할까.

이 세상에 저 홀로 자랑스러운 것이 무엇이랴. 저 홀로 반짝이며 살아 있으면 무엇하랴. 흔들리는 나뭇잎 하나도, 발길에 채는 돌멩이 하나도 저 혼자 스스로 움직이는 것은 없다. 서로 어깨를 맞대고 얼굴 부비며 힘든 등 토닥이며 사는 것이다. 낡은 신을 신고 걸어가야 하는 먼 길이지만, 반드시 닿을 내일이 있다는 것을 서로 믿기에 그 길을 어깨동무하며 함께 가는 것이다.

　털어도 또 털어내도 먼지 많은 내 마음속. 흐르는 물로 깨끗이 씻어낸 날이 마지막으로 언제였던가. 너무 오래 빨지 않아 곰팡이가 피지는 않았을까. 살아 있는 동안은 묵은 죄를 씻어내듯 어둠을 흔들어 말갛게 나를 헹궈내고 싶다.

아무것도 하지 않는 하루에 초대받다

창가로 비춰 든 햇살의 각도로 짐작건대 누워있기엔 꽤 늘어버린 시각인 듯하다.

본능적으로 스프링 같은 탄성을 발휘하여 몸을 일으켰다. 그러다 잠시 머릿속을 스치는 것이 있어 회심의 미소를 지으며 다시 드러눕는다.

어제 춘천 터미널에 표를 끊으러 갔다가 남부지방의 폭설로 부산으로 가는 시외버스가 운행 중지되었다는 소식을 듣고 어쩔 수 없이 발길을 돌렸었다. 평소 같았으면 가족들이 있는 부산으로 부지런히 달려가서, 요리도 하고 빨래도 하며 주말부부로서의 본분을 다하고 있었을 터다.

폭설을 핑계 삼아 두문불출하며 나른한 늦잠을 즐기는 내게, 다행스럽게도 집은 아무런 강요도 하지 않는다. 이렇게 느긋한 마음으로 게으름을 피운 일이 참 오랜만인 것 같다.

이 시간엔 누가 찾아올 리도 없고 전화벨도 울리지 않으니 옷을 갖춰 입을 필요도 없으며 밥을 하려고 부엌에 가서 분주히 서두를 이유도 없다. 가만히 누워 천정이나 벽 쪽으로 동공을 옮겨가며 느긋한 여유를 즐기자니 생명체인 나 자신이나 무생물인 가재도구들이나 별반 다를 것이 없다.

움직이지 않으니 이렇게 편한데 그동안 무얼 얻으려고 그리 바삐 달려왔는지, 얼마나 살 것이라고 바깥에 있던 것들을 안으로 죄다 끌어들였는지. 아무리 먹어도 배부르지 않고, 쉬고 있어도 편안하지 않으며, 그 무엇을 성취해도 온전히 행복하지 않았던 것은 무슨 까닭이었을까.

나는 본래 자유로운 존재였다. 그러나 무엇을 해보겠다는 생각을 머릿속에 담는 순간, 마음에 동요가 일었고 시작한 일이 목표에 도달하지 못할까 봐 전전긍긍하며 아까운 시간을 보내게 되었다. 내가 어떤 일을 시도하려는 생각을 품고, 몸을 움직이기 시작했을 때부터 주변의 모든 사물이나 사람들이 함께 따라 움직였다. 오늘처럼 가만히 있었으면 일어나지 않았을 일들이 연결고리처럼 이어졌다. 나도 모르는 사이에 생긴 욕망에 어쩔 수 없이 끌려다니는 꼴이 되었다. 아무것도 하지 않아도 될 자유와 권리를 부지불식간에 빼앗기고 말았던 게다.

진정으로 행복의 극점에 다다를 수 있음은 내가 무엇이 되어야 하고, 무엇을 해야 한다는 생각조차 내려놓는 그 순간임을 왜 진작 깨닫지 못했을까.

아무것도 하지 않아도 되는 저택에 초대받은 귀한 손님처럼 오늘 하루는 정말 아무것도 하지 않을 참이다.

애벌레를 꿈꾸며

언제부턴가 집안에 새까만 나방이 하나둘 날아다니기 시작했다. 요것들이 어디서 생겨났을까. 설마 하는 마음으로 창고 방문을 열자, 하얀 벽면과 쌀자루 주변에 쌀벌레 나방들이 새까맣게 달라붙어 있다. 아뿔싸! 진작 살펴보았어야 했다.

무법천지가 되어버린 창고 방을 살충제로 진압하고, 쌀자루를 부랴부랴 바깥으로 옮긴다. 나일론 끈으로 단단히 봉해 놓은 쌀자루의 입을 여는 순간, 어느 틈새로 들어갔는지 셀 수도 없는 숫자의 쌀벌레 나방들이 일시에 바깥으로 날아오른다. 놀란 가슴을 억누르고 쌀자루 안을 들여다보니 쌀알이 머루송이처럼 오종종 달라붙어 있다. 저 쌀알들을 감싸고 있는 힘은 도대체 무엇일까.

족히 40킬로가 넘어 보이는 쌀자루가 쌀벌레들에게 무차별 공격을 당하고 있다는 사실도 모른 채, 나는 참 무던히도 여름을 보내고 있었던 게다. 자세히 보니 쌀벌레가 실을 뽑아 거기에 온통 알을 까 놓은 것이다. 쌀알에서 부화한 애벌레는 잘 발달한 턱으로 종이나 비닐봉지, 심지어는 섬유조직도 우습게 뚫고 나온다. 좀 더 자라서 나방으로 변태한 쌀벌레는 온 방 안을 휘젓고 날아다니며 새까만 몸에서 지저분한 가루를 떨어뜨리기도 하는데, 편안하고 포근해야 할 집이 그들로 하여금 삽시간에 혐오스러운 공간으로 변하고 만다.

벌레 먹은 그 많은 쌀을 버릴 수가 없어 물을 붓고 쌀알을 빡빡 비벼서 씻어보는데 쌀뜨물 위로 곧 처참한 사체들이 떠오르기 시작한다. 까만색 쌀바구미는 물론, 짧게 자른 흰색 실 같은 쌀 애벌레들이 쌀을 씻고 물을 버릴 때마다 계속하여 미끄럼을 타고 내려온다. 쌀알 한 톨 한 톨마다 벌레들이 박혀있다고 생각하니 밥맛조차 그만 뚝 떨어진다.

뒤늦은 수습이지만 옥상에다 널따란 돗자리를 펼쳐 놓고 쌀을 모두 쏟아 붓는다. 강렬한 햇볕에 못 이겨 숨어있던 애벌레들이 꼬물꼬물 기어 나온다. 전쟁에서 패한 적군의 병사들이 참호 속에서 두 손 들고 하나둘 투항하듯이 그 무리가 부지기수다.

쌀자루를 통째로 보관할 만한 냉장고가 없으니, 어느 정도의 쌀알은 쌀벌레들에게 양보하는 것이 옳은 것인지도 모르겠다. 채소가게에 가면 상처없이 잎사귀가 매끈한 열무보다 벌레 먹어 구멍이 숭숭 뚫린 열무를 사 들고 온다. 매끈한 잎을 가진 채소들보다 농약을 좀 덜 뿌렸을 것이라는 안도감도 있지만, 제 것을 나누어 남을 먹여 가며 살았던 흔적이 보여서다. 저 혼자 배 채우지 않고 조금은 남에게 나눠주며 사는 것이 자연과 자연 사이에 오가는 정일 텐데 쌀자루에 든 쌀벌레를 향한 나의 처신은 한낱 열무 잎사귀만도 못한 한심한 처사가 아닌가 싶기도 하다. 쌀무덤에서 나온 벌레가 사람이었던 나를 벌레로 만들기는 쉬워도, 하느님이나 부처님이 벌레 같은 나를 사람다운 사람으로 만들기는 몹시도 어려울 듯하다.

쌀벌레의 유충이 뭉쳐져 있는 번데기에서 쌀알들을 일일이 떨어내며, 그 쌀알들이 내 몸의 일부를 이루고 있는 각각의 세포라는 생각이 언뜻 들었다. 혹시라도 내 몸속, 내 입에서 풀어낸 끈끈한 실에 걸려들어 밥 구실을 제대로 못 하는 쌀알은 없을까. 제대로 관리하지 않아서 눅진해진 쌀알들처럼 유난히 감성적인 성향 때문에 매사 즉흥적으로 반응하는 못난 내 모습이 쌀알들 위에 겹쳐진다. 들판이나 숲 속이 아닌 집안을 배회하며 남의 공으로 쌓아 놓은 쌀자루만을 탐하는 쌀벌레 나방처럼, 나 또한 더 넓고 낯선 세계로 나갈 생각 없이 그저 편안한 밥을 먹으려 하지는 않았을까. 내 주린 배를 채우려고 남들의 밥을 움켜쥐고 있지는 않은가.

가끔은 내가 벌레만도 못한 존재라는 생각이 들 때도 있다. 그 작고 보잘것없는 벌레도 제 살 집을 짓고 자기 몸집보다 훨씬 더 큰 열매를 옮겨오기도 한다. 나뭇잎에 꼼짝 않고 붙어 있는 애벌레를 장난기가 동해서 손으로 슬쩍 떨어뜨린 때가 있었다. 벌레는 등걸을 타고 자신이 조금 전까지 붙어있던 나뭇가지를 향해 열심히 오른다. 미끄러운 나무를 타고 오르다가 바닥까지 다시 추락하기도 여러 번이었다. 나는 작은 나뭇가지를 주워 벌레를 들어올린 다음, 그가 붙어살았던 나무에서 멀리 떼놓으려 수풀이 없는 흙더미에 던져 놓았다. 그러나 그 여리고 작은 벌레는 뱃살을 둥글게 말았다 풀었다 하며 온몸으로 길을 밀었다. 일보궁배一步弓拜, 한 걸음 한 걸음을 옮길 때마다 마치 활처럼 온몸을 굽혀 절하는 작은 벌레는 묵묵히 순례의 길을 가는 라마의 선승이었다. 끄나풀 하나 없이 맨몸으로 거친 길을 밀며 삶의 벼랑을 타오르는 끈기와 인내에 내가 먼저 포기하고 애벌레를 원래 있었던 곳으로 옮겨 주고 말았다. 나는 단 한 번이라도 그 벌레처럼 부단히 한 곳을 향해 목숨을 걸고 달리거나 올라 본 적이 있었던가.

언제부턴가 내 마음속에 벌레가 산다. 식욕이 왕성한 이 벌레들 때문에 내 속은 한시도 편안하지 않다. 하지만 더욱 한심한 것은 그러한 욕망의 벌레 한 마리라도 마음속에 키우고 있기에 내 삶을 연명할 수 있다는 사실이다. 벌레들은 내 속에서 무수한 욕망의 알을 낳고 또 부화시킨다. 한때는 내 삶 자체가 커다란 슬픔의 덩어리 같았다. 걸어간 모든 길의 끝은 낭떠러지였다. 한 발 앞으로 내밀 수도, 뒤로 물러설 수도 없었던 형국에서 내 안의 소리는 바깥으로 뛰쳐나올 수 없었다. 먼길을 돌아 여기까지 왔지만 아직 내 속에 사는 벌레들을 쫓아내지 못했다.

쌀자루에 빌붙어 사는 쌀벌레들을 채로 걸러내며 내 마음속에 사는 벌레들에게 속삭여 본다. 비록 두렵고 낯선 길이지만 맨몸으로 오체투지하며 그 먼길을 기어서라도 끝까지 가야 한다고. 한 발 한 발 서툰 걸음마지만 느린 걸음 속에 숨어있는 날개 한 쌍을 기억하라고. 가장 찬란한 순간, 아름다운 나비의 날개를 활짝 펼치려면 저 멀리 숲속, 높은 나뭇가지에 고치로 매달려 무수히 바람에 흔들려야 한다고.

내 안의 빈집

해거름에 나선 뒷산 자락에 쑥부쟁이 꽃이 흐드러지게 피었다. 숲 속 산책로의 가래나무 가지 사이, 낯선 거미집 하나가 달려있다. 가던 걸음을 멈추고 불안한 시선을 조심스레 그물망에 건다. 무심코 날다 걸려들었을 큰줄흰나비가 망을 벗어나려 파닥거린다. 그물망에 걸려든 생물의 몸부림이 강해질수록 포승줄은 먹이의 몸을 더욱 옭아맨다. 거미는 함께 흔들리며 조용히 자신의 때를 기다린다. 작고 하찮아 보이기까지 했던 거미의 삶이, 지금 이 적요한 숲을 통째로 내리 흔들고 있다.

날개가 부스러진 나비의 비명은 숲의 고요에 가 닿지 못한다. 기다림의 팽팽한 끝, 먹이가 지칠 때까지 거미는 옴짝달싹하지 않는다. 이윽고 파르르 떨던 나비의 숨이 멎자, 사냥꾼이 서서히 움직인다. 느긋하게 가을 하늘 끝을 거미줄로 친친 감는다. 숲 속 생태계의 준엄한 장례식을 끝까지 지켜보자니 식은땀 흐르던 등줄기가 오싹해진다.

저 투명한 날개를 걷어 바람 속으로 되돌려버릴까도 생각해 보았다. 어렸을 땐, 좁은 길을 가다가 얼굴에 온통 거미집을 뒤집어쓰면 끈적끈적한 그물망을 일부러 멀리 밀고 가서 공중에 흩어버리곤 했다. 거미줄에 걸려들어 버둥거리다 최후를 맞는 곤충들이 애처롭기도 했지만, 긴 다리를 바짝 세우고 거꾸로 매달려 음험한 눈빛으로 지켜보다가 걸려든 먹이를 포식하는 거미란 놈에게 대단한 적개심을 품었었기 때문이다. 내 나이가 스물이거나 서른이었다면 이런 생각들에서 그리 멀어지지 않았을 게다. 그러나 이제 지천명을 넘어선 나이. 망에 걸려든 나비나 잠자리의 입장보다, 살기 위해 밤을 지새우며 필사의 그

물짜기를 하였을 거미의 마음을 먼저 읽어버렸다.

생명의 먹이사슬로 짜인 이 오묘한 자연의 섭리와 질서를 거창하게 설명할 정도로 나는 해박한 지식을 갖지 못했다. 또한, 목숨을 연명하고자 뭇 생명을 유인하는 거미의 행동을 의로운 행위로 본다면, 그에 반박할 이유를 내세울 만큼 내 머리는 논리적이지도 않다. 하지만 이상하게도 거미집을 보면 온몸이 굳어지고 움츠러드는 듯하다. 내 삶이 그곳에 투영되기라도 한 듯 거미가 얽어 놓은 올가미에 꼼짝없이 걸려들어 단 한 발짝도 쉽사리 떼놓을 수가 없게 된다.

저녁노을이 서서히 어둠에 잠겨갈 때 거미는 작업을 시작한다. 어제 이맘때 지었던 집을 허물어 먹어치운 뒤 다시 새로운 집을 짓는다. 제 몸을 풀어 세상을 만드는 거미는 조물주의 창조능력을 타고난 마법사 같다. 가늘고 부드러운 발톱으로 허공에 밑그림을 그려 놓고 혹시 모를 빗방울의 크기와 바람의 각도조차 놓치지 않는다.

거미집은 또 다른 하나의 우주이다. 허공을 걷던 거미는 신중하게 가장자리로부터 빙글빙글 돌며 길을 엮는다. 앞발로 공간을 나누고 뒷발로 길 하나를 튕겨 붙인다. 전위 예술가를 뺨칠 듯한 거미의 기막힌 건축술은 기하학적 무늬와 정교한 각을 지어 햇빛에 반짝이는 집을 지어 놓고 눈 어두운 곤충들을 유혹한다.

비가 와도 물이 그대로 새는 집, 바람이 불어도 그냥 통과하는 집, 햇살이 뜨거워도 피할 수 없는 그물로 된 그 집은 세상에서 가장 가벼운 집이다. 공들여 만든 끈적한 점액질의 길은 벌레의 미세한 떨림마저 중심점으로 정확히 전달할 것이다. 하지만 조물주에게 날개 대신 다리 한 쌍 더 욕심부린 죄로 아주 좁은 길만 허락된 거미의 운명. 그 길마저 제 몸을 녹여 허공에 놓아야 하는 천형을 타고난 것일까.

올무를 쳐 놓은 뒤 몰래 숨어서 먹이를 기다리는 거미의 생존법이 좀 비겁해 보이기는 해도, 살다 보면 분명 그것이 정정당당한 것이 아닌 줄 알지만 어쩔 수 없이 수긍해야 할 때가 한두 번이던가. 나이 들어 가정을 꾸려가면서 한세상 산다는 일이 결코 녹록지 않다는 것을 알게 되었다. 내가 바라던 것들은 거미줄처럼 얽혀 있었고 나는 그 중심점에 거미처럼 고독하게 붙박여 있었다. 운명의 베틀로 촘촘히 짜 놓은 의식의 망에 긴 한숨이 되어 매달린 삶은, 이따금 부는 바람에도 간당간당 흔들리기 일쑤였다.

흔들리는 거미줄 위에 그리스 신화 속 한 여인의 모습이 어른거린다. 어찌 보면 수십 년 동안 가슴에 품어온 뜻을 세상에 펼치지 못해 속이 새까맣게 탄, 내 못난 자화상과 무척이나 닮았다. 거미가 되기 전 그녀의 이름은 아라크네였다. 베 짜는 기술과 자수 솜씨가 뛰어나 림프들까지 감탄했던 실력이었지만, 지나친 자만심으로 지혜의 여신 아테나에게 무모한 도전을 감행했었던 그녀. 신들을 모욕한 죄로 결국 거미의 모습으로 변해 영원히 실을 잣는 형벌을 받게 된 아라크네가 저기 거미줄 끝에 굳어버린 듯 웅크리고 있다.

거미가 해를 등지고 분주히 집을 지을 때, 내 마음속 세상의 벽과 벽 사이에도 수없는 거미집이 지어지고 또 허물어졌다.

거미가 늘이는 생의 맞은 편에서 그 가닥에 합류하기 위한 내 열망을 위태롭게 걸어보기도 했다. 알 수 없는 미래를 가늠하며 불안한 인연의 실 줄을 당겨도 보았다. 나 스스로 만들어 놓은 거미집의 영역에 애꿎은 사람도 붙들어 앉히고 불규칙한 시간을 가두기도 했다. 그러나 억지로 채워 놓은 가구처럼, 빈집은 늘 황폐했고 햇살을 받아도 더 이상 빛나지 않았다.

후회스럽고 부끄러운 지난날들도, 위장망에 먹이가 걸려들기를 기다리는 거미처럼 생존을 위해 어쩔 수 없었다는 변명으로 덮어버릴 수 있을까. 거미는 몸을 풀어 선을 만들고 흔적도 없이 선을 넘나들지만 단 한 번도 줄에 걸리는 법이 없는데 나는 그렇게 되지 않았다. 내가 짜 놓은 인연의 줄에 발이 걸려 번번이 넘어지고 붙들렸다. 스스로 만든 길이었지만 나는 그 길에 어두웠다.

거미로 하여금 거미줄을 만들게 하는 것은 오로지 먹이에 대한 탐욕 때문일까. 아니면 그물망 칸칸에 잘 나누어 담은 그리움 때문인가. 거미와 그 부류의 생물들이 가지는 아름다운 계

략을 나는 알지 못한다. 그러나 살기 위해 날마다 제 몸을 풀어
내는 고통까지 참아내는 거미를 어찌 비겁하고 음험한 포식자
라고만 비난할 수 있으랴.

바람처럼 가벼운 목숨일지라도 스카이다이버같이 고공낙하
하며 가장 풍요로운 뜰에 줄을 내리는 거미처럼, 나도 세상의
중심에 서서 어떤 고통과 슬픔도 당당하게 껴안을 수는 없을
까. 내 삶의 무게를 모두 내려놓고 위선과 오만의 색色을 벗어
던질 수 있다면, 그래서 마침내는 함초롬한 아침이슬 한 방울
로 남겨져 지상에 툭 떨어져도 좋으련만.

명주실 풀어내듯 뱃속의 점액을 뽑아 저 허공, 바람의 길목
에 매달려 있는 거미집. 때로는 나무의 숨소리가 걸리기도 하
고, 밤하늘에 흐르는 별똥별 꼬리가 걸려들기도 하는데 나는
그저 내 안의 빈집에 칩거 중인 거미를 물끄러미 지켜볼 뿐, 어
떤 말도 건네지 못한다. 내가 세상의 모든 것으로부터 달아난
다 해도 나 자신으로부터는 결코 달아날 수 없다는 것을 잘 알
기 때문이다. 날마다 자루 긴 빗자루로 걷어낸 마음속 거미줄

에 다시 걸려, 손도 발도 떼지 못하는 내가 오늘따라 몹시도 답답하고 아뜩하다.

틈새

자정이 훨씬 지났는데 벽에 못 박는 소리가 난다. 짐작은 하지만 아랫집인지 옆집인지 소리의 발원지를 정확히 알아내기란 쉽지 않다. 아파트 경비실로 인터폰을 하려다가 일어선 자리에 다시 눕는다. 얼마나 급했으면 이 시간에 못을 쳐야만 했을까.

나도 처음 여기로 이사 왔을 때 무엇 하나 걸 데가 없어 이 방 저 방을 다니며 서툰 못질을 한 적이 있다. 하지만 벽은 꿈쩍도 않고 버팅기며 제 품을 파고들려는 못을 보기 좋게 튕겨내곤

했다. 못의 정수리를 잡고 조심스레 벽의 눈치를 보았으나, 재래시장 난전에 허락도 없이 비집고 든 초짜 노점상에게 기존 노점상이 텃새라도 하듯 벽은 사정없이 내 손가락을 쳤다. 못이 파고들지 못한 그 자리엔 벽지와 함께 들뜬 돌가루가 살점처럼 떨어져 나갔다. 벽의 저쪽엔 어떤 강인한 힘이 버티고 있기에 이 조그만 물체의 접근조차도 허락지 않는 것일까. 벽과의 틈새를 조금이나마 벌려보려 했던 나는 결국 등이 구부러진 못과 민망해진 망치를 발아래로 던져 놓고 식은땀을 닦아낼 수밖에 없었다.

그 이튿날 지방에서 늦게 도착한 남편이 어제의 패배에 대신 설욕이라도 하듯 벽에 대못을 쾅쾅 박았다. 차갑고 단단한 벽은 소리 대신 피를 흘리는 듯했다. 고소하다 못해 통쾌하기까지 했다. 진작 순순히 틈을 내주었으면 좋았을 텐데.

지금은 그 작은 못 하나를 받아들이기 위해 이 거대한 건물 전체가 몸을 떨며 함께 운다. 자그마한 못이 비집고 들 틈새를 마련하려고 간격 잘 맞춰 짜여 있던 벽들이 일제히 제자리를 조금씩 내어주려 하나 보다. 그 틈을 비집고 든 못의 정수리는 벽의 저편과 소통하는 작은 숨구멍을 트고, 못이 늘려 놓은 부피만큼 벽은 들숨과 날숨을 몰아쉬며 막혔던 피를 통하게 하였을 게다.

 그 집 주인도 나처럼 긴요한 무언가를 걸기 위해 이 오밤중에 시끄러운 소음을 내며 무리한 망치질을 감행하였는지도 모르겠다. 벽에 못을 박고 달력을 걸면 그곳에 세월이 흐른다. 이미 지나간 시간과 앞으로 다가올 시간이 달력의 날짜에 압축되어 있다. 그림 액자를 걸며 행복해하던 지난날들이 떠오른다. 액자의 그림 속엔 오월의 보리밭을 흔드는 바람이 있었고 제멋대로 떨어지는 감꽃에 놀라 파르르 날갯짓하며 하늘로 오르는 작은 새들도 보였다. 벽에 걸린 그림을 보며 대자연의 숨결과 섭리를 느끼고 깨달을 수 있었다. 작은 틈 사이로 난 세상이 때로는 사람의 가슴에 우주를 품게도 하는 것이다. 못의 정수리에 걸려고 했던 것이 혹시 거울이었다면 거울 속에 사람 하나 살게 하는 것도 무리한 일은 아닐 것이다.

틈새는 튼튼한 것 속에서 생겨나는 또 하나의 공간이다. 새롭게 태어난 목숨 터다. 서로 힘차게 엉켜 단단히 굳은 철근과 시멘트 속에도 숨통이 트이는 길은 열려 있었던 것이다. 지금은 색 바랜 벽지로 감춰져 있지만 이 거대한 건물의 벽과 벽 사이에는 무수히 많은 틈이 마치 사람의 핏줄처럼 뻗어 있으리라. 아주 은밀하게 숨은 그 선의 폭은 얼마나 느리고 오랜 시간 동안 벌어져 온 것일까.

어떠한 철벽이라도 비집고 들어가 사는 틈의 정체는 사실은 실오라기 하나와 같은 허공에 불과하다. 도심의 거대한 빌딩 숲 천지에 그러한 틈새마저 없었다면 벌써 사람들은 모두 숨이 막혀 죽어버렸을지도 모른다. 그나마 비집고 들 틈새가 있어 아직 목숨을 연명해 가는 것이 아닐까.

삶의 공간은 너무도 꽉 차 있어서 틈이라고는 찾아볼 수 없지만, 사람들은 그것을 충만이라고도 하고 행복이라고 부르기도 한다. 일각의 착오도 없는 시간의 톱니바퀴를 돌며 나는 옆도 뒤도 돌아볼 겨를이 없이 반평생을 굴러왔다. 숨이 꽉꽉 막힐 것 같았지만, 그것이 당연한 일이고 내 시야에 든 공간만이 세상의 전부인 줄 알았다. 시간의 저편에 내가 알지 못한 또 다른 세상이 버젓이 존재하고 있음을 알았을 때 나는 몹시 혼란스러웠다. 내가 발 담그고 있던 일상에서 또 다른 세계로 옮겨 간다는 것이 한편으론 두려웠다. 하지만 지금의 떨림은 그때와는 분명 다르다. 어쩌면 클립에 끼워진 A4 규격의 종잇장처럼, 나 또한 그 시간의 미세한 틈에 슬쩍 끼워져 있는 것인지도 모르겠다.

딱딱하게 굳어가는 뇌와 메마른 가슴을 관통하는 못 하나가 있어 내게도 푸른 길이 뻥뻥 뚫렸으면 좋겠다. 길이 나서 내 안으로 흘러든 시간들이 강한 물살처럼 휘돌아, 지난했던 삶의 찌꺼기들을 싹쓸이해 가버렸으면 좋겠다. 날마다 흔들리고 설레고 아픈 것이 생生의 모습이라면 생긴 그대로 바라보고 그것과 한몸이 되는 것도 좋겠다.

미세하게 벌어진 틈새에는 그 크기에 꼭 맞는, 혹은 그보다 작은 생명체가 숨어 살기도 한다. 틈새를 만들기 위해 저 거대한 건물들이 제각기 옆을 조금씩 내어주는 것처럼 사람들도 제 곁을 조금씩 내어준다면 그 틈새가 공간이 되고, 그 공간은 또 다른 생명체의 삶터가 될 게다. 어둠 속에 제 몸을 찌르고 든 못과 한통속이 되어 뒤엉키는 벽처럼 살점이 좀 떨어지면 어떤가. 서로 소통할 수만 있다면.

아파트로 이사를 할 때마다 다음엔 좀 더 넓은 평수로 옮겨 가길 바라는 나였다. 하지만 오늘은, 벽에 못을 박고 희망을 거는 이웃을 위해 좀 더 너그러운 마음 평수 넓히는 일로 묵언수 행하며 밤을 지새운다.

제3부

빈집이 환하다

원조 해장국밥집

지난 하루의 고단함이 비 젖은 전봇대에 기대어 있다. 작은 우산 하나에 얼굴만 집어넣은 덩치 큰 아이들이 뭐가 그리 좋은지 빗물을 튀기는 장난을 하며 우르르 몰려다닌다. 일방통행 길로 잘못 들어선 차의 뒷걸음에 무거운 세상은 저만치 밀려나고, 나는 약속 시각이 한참 지나도 오지 않는 한 사내를 기다린다. 서둘러 골목길을 빠져나가지 못한 차바퀴에 달려온 길이 황급히 되감긴다.

얼굴보다 걸음새로 자신을 알아채게 하는 남자. 우산도 없이 골목 끝에서 느릿느릿 걸어온다. 간밤의 느른함을 털고 일어선 사람들이 덜 깬 취기를 다스리기 위해 해장국집의 이른 아침을 두드린다. 먹고 살려고 온종일 일한 뒤 밤늦도록 술 마셔서 속 쓰린 가장을 위해 아내 대신 해장국집 주인이 마른 황태의 몸통을 팍팍 두들겨서 해장국을 끓인다. 인제군 북면 용대리 황태덕장에서 한겨울 모진 추위에 눈도 못 감고 입도 못 다문 채 얼어 죽은 황태가 여기 와서 또 한 번 죽어 나간다.

오래전에 찾아와 먹었던 속 시원한 해장국집을 다시 찾기가 그리 녹록지 않다. 줄줄이 늘어선 가게마다 모두가 자신이 '원조'라며 앞다투어 간판을 내걸어 놓았기 때문이다. 다닥다닥 붙어있는 해장국집들의 중간쯤이었으리라. 골목 끝에서 걸어온 그와 눈빛을 맞추고 내가 먼저 가게 문을 밀고 들어간다.

뒤따라 들어온 남자의 눈이 퀭하다. 먼지와 땀에 절어 후줄근해진 점퍼는 그가 부대껴 온 일상을 대신 말해준다. 담배 한 개비를 태워 무는 동안 그는 허공을 몇 번이나 움켜쥐었다 놓는다. 꽁초를 비벼 끈 오른손이 심하게 떨린다. 수전증도 아닐

텐데 혼자서 얼마나 속을 태웠으면 저 모양이 되었을까. 그는 소주 한 병을 시켜 제어되지 않는 손 떨림을 막아보려 황급히 따른 술을 목구멍 속에 털어 넣는다.

오랫동안 사업을 하면서 겪어온 자금 압박 같은 것은 아마도 이골이 났을 터다. 하지만 철석같이 믿었던 친구에게 배신을 당해 어느 날 갑자기 망망대해에 고독한 섬이 되어 떠 있는 그의 심정은 어떤 말로 위로가 될까. 날마다 계속되는 채권자들의 빚 독촉에 아침에 눈뜨는 것이 두려웠을 그의 모습을 보니 정작 내가 하려 했던 말들은 목구멍 안으로 쑥 들어가 버리고 만다. 숱한 세월을 함께 겪어온 덕에 이젠 더 이상 감출 것도 드러낼 것도 없을 만큼 서로의 허물을 잘 아는 사이가 된 지금, 그저 침묵만이 그의 마음을 다독일 수 있을 듯하다.

더운 김이 얼굴에 확 끼쳐오는 해장국을 앞에다 두고 나는 아무 말도 건네지 못한다. 울컥대는 가슴속의 말들을 억누르고 급히 삼킨 뜨거운 국물에 입천장이 홀러덩 벗겨져도 내색조차 할 수가 없다. 언젠가 이 집을 바로 찾지 못하고 애먼 곳에 가서 입에 맞지 않는 해장국을 먹었을 때처럼 콩나물이 설익어 비린 내가 난다느니, 해장국에 날계란이 들어있지 않다느니 하는 푸념조차 지금은 늘어놓을 수가 없다. 진정 원하는 것이 무엇인지 그의 속내를 꿰뚫고 있지만, 그에게 어떤 도움도 줄 수 없다는 사실에 가슴이 미어질 듯하다. 차라리 이럴 때는 주인장의 손에 길들여져 옹골진 칼칼함으로 날 선 취기를 다스려 주는 황태해장국으로 거듭나서 그의 쓰라리고 아픈 속을 풀어주는 편이 훨씬 낫지 싶다.

온몸의 마디마디마다 시린 빗줄기로 박혀 오는 이십 년 노동의 세월. 보이지 않는 유리벽처럼 가장인 그가 부대껴 온 일상은 맨몸으로 오르기 힘든 높고 험난한 산이었을 게다. 그는 지금 지나가 버린 시간의 거미줄에 매달려 있다. 또 어두운 미래를 두려워하며 아직 오지도 않은 시간을 가불해 쓰고 있는지도 모른다.

해장국집을 나와 골목길을 나란히 걷는다. 작은 우산으로 함께 비를 피하다 보니 우산을 쓰지 않은 것과 다름없는데 비에 젖은 몸이 초라해질 정도로 작아져 버린 우리는 안팎이 몹시도 닮아 있었다. 그의 어깻죽지에 떨어지는 빗방울만 툭툭 쳐내어 줄 뿐, 마음속에 감춰 둔 말은 끝끝내 하지 못한다.

　골목 끝까지 걸어 나와 꽃가게 앞에서 버스를 기다린다. 일부러 바깥에 내놓은 듯한 수련이 우중에도 하얀 꽃대를 피워 올렸다. 수련 잎에 빗방울이 떨어지는 광경을 무심히 바라본다. 빗물이 고이면 수련 잎은 한동안 물방울의 유동으로 일렁이다가 수정처럼 투명한 물을 미련없이 쏟아버린다. 그 물이 아래 수련 잎에 떨어지면 거기에서 또 일렁이다가 또르르 몸을 말아 물 담긴 그릇으로 다시 떨어낸다. 그 광경을 가만히 지켜보다가 잠시 멈춘 숨을 길게 내쉰다. 수련 잎이 욕심대로 빗방울을 다 받아들였다면 마침내 잎이 찢기거나 줄기가 꺾여버리고 말았을 게다. 하찮게만 여겨졌던 저 연잎도 자신이 감당할 만큼의 무게만을 싣고 있다가 그 이상이 되면 비워버린다는 것을 나는 여태껏 깨닫지 못하고 살아왔다.

　어찌 보면 그가 이토록 불안하고 슬픈 이유 또한 자신이 감당하지도 못할 무거운 짐을 혼자 등에 지고 왔기 때문이라는 생각이 든다. 이제 그도 수련 잎처럼 견뎌낼 만큼만 남겨두고, 감당치 못할 인생의 무게는 그만 아래로 내려놓았으면 한다. 모순투성이인 어설픈 삶이지만 간밤의 숙취를 펄펄 끓는 해장국 한 그릇으로 풀어내듯, 꼬여버린 인생의 실타래도 하나씩 차분히 풀어나갔으면 한다.

젊었던 날, 패기에 넘쳐 언제나 자신만만하고 당당했던 그의 모습은 도대체 어디로 잠적해 버린 걸까. 식어 버린 가슴이 그나마 뜨거운 해장국 한 그릇에 데워지기라도 한 듯 그의 입가에 잠시 쑥스러운 듯한 미소가 번진다. 어쩌면 우리가 그토록 찾아 헤매는 꿈이나 진실, 혹은 정의라는 것은 모두가 '원조식당'이라고 이름 붙인 그 많은 해장국집 간판 중에 과거를 슬쩍 감추고 있는 것은 아닐까. 이름이 바뀌었어도 그 바닥에 아는 사람들은 다 알고 찾아가듯이, 스스로 바른 길을 찾아서 들어가야만 만날 수 있는 또 다른 모습의 얼굴인지도 모를 일이다.

그렇게 너는

어느 날 발길이 이끄는 대로 걷다가 우연히 호젓한 부둣가에 앉아 있었을 뿐인데, 넋 놓고 바다를 바라보다가 배 한 척이 들어와 던져지는 밧줄을 받아 줬을 뿐인데, 그래서 어쩔 수 없이 포구에 배를 매게 되는 것처럼 그렇게 너는 내게 왔다. 초록 물빛을 일렁이며 물속에 도사리고 있던 악어처럼 의뭉스럽고 느닷없이 내게로 와 너는 알지 못하는 사이에 내 안으로 스며들었다.

바다 위에 둥실 떠 있는 배, 배를 매면 하늘과 바람과 시간도 함께 매어진다는 것을 그때 나는 비로소 알게 되었다. 너는 기적처럼 내게로 와, 세상의 모든 것들을 반짝이게 했다. 내 마음에 너를 매고 난 뒤, 배는 빛 가운데 울렁였고 나는 온종일 그곳에서 눈길을 떼지 못했다. 구름을 쫓거나 파도의 길목을 지키는 동안에도 목마름은 가시지 않았고 섬으로부터 망명해 온 네가 멀미를 다스리고 있을 때 새벽별과 노을은 조금씩 밀물과 썰물로 뒤바뀌어 갔다.

아무도 밟지 않은 백사장에 갈매기 떼들이 텅 빈 하늘을 내려다 놓고 너의 낯선 말들을 알 수 없는 부호로 서툴게 받아 적을 수 있을 즈음에 내 가슴 속엔 너를 향한 그리움으로 한 쌍의 더듬이가 생겨났다.

나는 너의 발그레한 두 뺨을 열고 두근거리는 네 마음을 감지한 뒤, 이미 뜨겁게 달궈져 있던 네 심장을 훔쳐내었다. 머뭇거리던 너의 작은 손이 지쳐 있던 내 어깨를 감싸고 그늘진 등을 쓸어주었다. 그때까지 숨죽이고 있던 혈관 속의 붉은 피톨들이 툭툭 소리를 내며 되살아났고, 내 몸은 불쏘시개가 되어

활활 타오르고 있었다. 어두운 기억들은 죄다 한곳에 모였었지만 우리가 그 상처를 함께 껴안기로 작정하자 주위는 환하게 밝아왔다. 봄이 조금만 늦게 도착했다면 그때의 숨 막힐 듯한 열정만으로도 개나리, 진달래 같은 꽃들을 활짝 피워낼 수 있을 듯했다.

사막에서 목마름을 이겨낼 물을 찾으러 먼 길을 목숨 걸고 걸어가야 하는 것처럼 우리는 불면의 밤에도 기억의 행방을 함께 쫓았다. 허물 벗은 어제의 길들이 일제히 일어섰다. 좁은 골목길을 걸을 때마다 희미한 달빛이 우리의 그림자를 가깝게도 멀게도 해주었지만, 저 바다에 바람이 그치지 않는 것처럼 서로 믿으며 고통과 살 맞대고 걸어가곤 했다. 너를 알고 난 순간부터 닫혔던 문이 열리는 듯한 느낌에 어느새 그 문지방을 넘어서고 있었으며 내 삶의 입구가 갑자기 넓어지는 듯했다.

가야 할 곳의 간격이 좁혀지지 않으면 심장의 한편에 물오른 나무 한 그루를 심어 놓고 잎맥처럼 되살아나는 수많은 의문은 애써 가슴속에 묻어두기도 했다. 내가 그토록 찾아 헤매었던 너는, 내 속에 잠재된 또 다른 나의 분신이었다. 처음 본 순간부터 친밀감을 느꼈던 것은 바로 그런 이유에서였으리라.

하지만 우리가 쫓은 것은 잡히지 않는 허상이었을까. 굴레 속에 갇힌 삶은 내 안과 밖의 모순을 그냥 내버려 두지 않았다. 나의 사랑이 집착으로 변해갈 때, 너는 가끔 수평선을 따라 멀리 흘러가는 꿈을 꾸곤 했었다. 그러다가 어디쯤에서 산자락을 만나면 그 언저리까지 돌아가서 편히 눕고 싶다는 생각에도 닿았을 것이다. 포구에서 영원히 머무를 수 없었기에 너는 더 넓은 세상을 갈구했고, 그곳에서 출렁이길 원했었다.

왜 너에 대한 애틋함은 너를 잃어버린 후에야 느껴지는 것일까. 어쩌면 너의 원천이 상실의 경험이었기 때문이었는지도 모른다. 너는 결별과도 서로 묶여 있었다. 마사초가 그린 〈아담과 이브의 낙원에서의 추방〉에서 최초 인간의 발이 암흑과 에덴 동산 문턱에 걸쳐 있었듯, 우리는 만남과 헤어짐, 삶과 죽음, 언어와 침묵 사이의 경계에 있었던 것이다.

너와의 결별을 무덤덤하게 받아들이려 할수록 가슴은 차가운 사이다를 갑자기 들이켰을 때처럼 싸한 통증이 온다. 뼛속 깊이 파고든 너의 존재를 지워버리기엔 시간이 너무 많이 지체되었다.

너를 처음 만난 곳에서 배를 민다. 그전에 해보지 않은 경험이다. 우연히 내게 다가와 내 마음에 닻을 내린 너는, 보이지 않는 물길을 타고 부드럽게 미끄러져 간다. 배를 한껏 밀어내듯 슬픔도 그렇게 밀어내면 될까. 너에 대한 집착까지 슬픔에 얹어 함께 보내면 상실의 아픔을 꿰맬 수 있을까.

배가 떠난 뒤 남은 빈 물 위의 상처, 잠시 파문처럼 번지다 가라앉는다.

날마다 역기를 드는 여자

아무나 감당할 수 있는 무게의 바벨을 들어올리는 것을 역도라고는 하지 않는다. 극도의 고통을 참아내며 극한의 무게를 끌어올리는 역도 선수의 얼굴을 깊이 들여다보라. 바벨의 무게는 그들이 들고 일어서야 할, 그러나 단 1초라도 빨리 내던져버리고 싶은 운명이 아닐까.

역도는 힘으로 하는 운동이 아니다. 힘으로만 할 수 없는 매우 과학적이고 기술적인 운동이다. 예전에는 비인기 종목이라 외면했던 역도 경기를 이제는 올림픽 때마다 일부러 챙겨서 본다. 저 엄청난 무게를 들어올리기 위해 무대에 선 역도 선수의 모습이나, 매일매일 살기 위한 몸부림으로 감당하기 힘든 마음의 짐을 들어 올리려 애쓰는 내 모습이나 별반 다를 게 없다는 생각이 들어서일까.

역도에 심취하기 전에는 나도 초보선수들처럼 무조건 힘으로만 인생의 바벨을 들어올리려 했다. 내 체급에 맞지도 않는 엄청난 무게의 중압감을 억누른 채, 남보다 더 많이, 더 높이 올라야겠다는 욕심으로 가당찮은 원판을 끼워 넣으려 안간힘을 썼다. 어쩌면 내 양팔이 들어올려야 할 바벨의 무게보다, 내속에 든 욕심의 무게가 더 무거웠던 것인가.

역도 경기 중, 바벨이 선수의 몸과 너무 멀다는 생각이 들 때가 있다. 지나친 욕심이었을까. 결국 바벨은 바닥에 나뒹굴고 만다.

사람은 저마다 인생의 무게를 짊어지고 살아간다. 때론 자신이 감당하기엔 버거운 무게도 짊어지고 가야할 때가 있다. 다 내려놓고 포기하고 싶을 때가 한두 번이 아니지만, 가족을 위해 어떤 목적을 이루기 위해 묵묵히 그 무거운 짐을 지고 산다. 하지만 어떤 것에 집착하고 악착같이 그것을 쫓아 정신없이 달리다 보면 어깨 가득 짊어진 삶의 무게가 자꾸만 나를 옥죄고 억누른다.

나는 날마다 역기를 든다. 역기를 들어올리려고 온몸의 핏줄과 근육을 최대한 팽창시켜 보지만 내 속에 가득 찬 욕심 때문에 아무리 들어올리려 해도 꿈쩍하지 않는다. 역도 경기를 보고 배웠다. 들 수 없는 돌은 들지 않는 것. 애초에 감당할 수 없는 짐은 내 맘 속에서 조금씩 덜어내어 무게를 적절히 조절해야 한다는 것. 그것이 진정한 힘이라는 것.

그동안 무엇이 나를 이렇게 무거운 존재로 만들어버렸는지, 살아갈수록 더 무겁고 절망적인 삶의 모습이지만 내면에서 들려오는 목소리가 있는 한, 아직 무엇이든 가능하다고 희망을 이야기해 볼까.

역도 선수를 지켜보며 깨닫는다. 지금 이 시기엔 무엇을 내려놓아야 하는지, 또 무엇을 들어올려야 하는지를.

비, 비, 비 – 悲, 悲, 悲

〈비 1〉

생사를 알지 못한 채 세월호에 갇힌 자식과 부모가 한시바삐 돌아오기를 기다리는 팽목항엔 비가 너무도 자주 내렸다. 강한 바람과 함께 허공을 가르는 비,비,비,…. 빗줄기는 답답한 구조 작업을 더욱 더디게 했다. 걱정이 분노로 바뀐 부둣가엔 살아 있는 자의 슬픔이 극에 치달아 하늘에서 내리는 비보다 더 차갑고 슬픈 悲가 내렸다. 하늘에서 내린 비는 그쳤어도 그날 이후 우리들의 가슴에서 생겨난 비는 아직도 그칠 줄을 모른다.

이 悲는 언제 그칠 수 있을까.

비,   悲 ,

　비,   悲 ,

　　비,   悲 ,

　　　비,   悲 ,

　　　　비,   悲 ,

　　　　∞

⟨悲 2⟩

아아! 살아있는 것도 죄스럽고 숨 쉬는 것조차 너무 미안한 푸르디푸른 이 봄날, 너의 한 마디 말, 작은 몸짓 하나하나가 세상의 빛이 되었던 시간이 그립다. 너의 웃음소리는 엄마가 살아가는 유일한 기쁨이었다. 네가 눈물을 흘리면 엄마의 가슴은 피눈물이 흘렀단다. 그렇게 별처럼 초롱초롱하던 네 눈동자를 잊을 수가 없구나. 즐겁게 노래하던 너의 맑은 목소리를 기억한다. 사람 목숨이 가을날 나뭇잎 떨어지듯 허망하게 져버린

진도 앞바다를 바라보며, 언제나 선명하게 반짝이던 네 이름을 불러본다. 제주도로 수학여행 다녀오겠다며 설레는 표정으로 집을 나선 네가 어쩌다 하늘나라로 수학여행을 가 버렸니. 배가 더 기울어지지 않게 마지막까지 솟아오르는 쪽을 누르고 옷장에 매달려서도 움직이지 말라는 선내 방송을 믿으며 나 혼자가 아닌, 다 같이 살아야 한다는 마음으로 갈등을 잠재우고 무서움을 견디었을 바보같이 착한 내 아들, 내 딸아! 백만 송이 천만 송이 흰 국화를 바친들 너희 가슴에 못다 한 꿈이 다시 피어나겠느냐. 천 첩, 만 첩 노랑나비를 접어 가슴에 달아본들 하늘로 가는 너의 길이 가벼워지겠느냐. 어린 너희를 지켜주지 못해 정말 면목이 없구나. 화려한 옷차림, 높은 학벌, 남부럽지 않은 경제와 지위에 감춘 가식 덩어리들. 치부를 만천하에 드러낼 수 없는 가면 속의 어른들이 사는 나라. 침묵하는 어른도, 반성하는 어른도 모두 너희들에게 고개 들지 못할 부끄러운 죄인이구나.

〈비 3〉

어둠이 싫었어요. 침묵이 두려웠어요. 문이 천정에 가 매달려 있었어요. 아무도 그 문을 열 수가 없었어요. 어둠 속에서 서로의 손 더듬어 찾으며 속으로 울어야 했던 그 암울한 순간, 눈물보다 더 삭아버린 절망으로 슬며시 놓아야만 했던 허망의 시간이 이제 분명하게 보여요. 어른들은 그럴 듯한 이름의 가면을 쓰고 결코 자신의 진짜 얼굴을 드러내지 않죠. 도대체 이해할 수가 없어요. 왜 어른들은 말 잘 들어라, 가만히 있으라고만 하고 우리를 구하러 오지 않았을까요. 깊은 절망이 서로의 가슴을 쳐대는데 하늘에선 썩은 동아줄 하나도 내려오지 않았어요. 차가운 바닷물은 목까지 들이차고 더욱 견고히 일어서는 벽⋯. 도무지 오를 수 없는 절벽 같았지요. 맨몸으로 오르기엔 너무도 힘든 산이었어요. 성난 파도는 배를 삼켰고 우리는 저마다 가슴속에 품은 꿈을 아직 도착하지 않은 세상에 던졌어요. 우리는 여기 함께 있는데, 우리는 이렇게 멈춰 있는데, 세상의 시계는 째깍째깍 쉼 없이 돌아가고 있었어요. 바다는 검푸른 등을 빛내며 출렁일 때 우리는 낯빛을 바꾸지 않는 어둠 속에서 삶과 죽음의 경계를 넘나들고 있었어요. 별들을 삼켜버린 바다는 어둠 속에 잠겨갔지만 바다가 정지된 시간을 열고 우리를 발견하게 되면 물에 젖어 죽은 듯 숨죽인 꿈들이 서서히 눈을 뜨게 되리라 철저히 믿었어요.

〈悲 4〉

움이 돋아나지도 못한 나뭇가지에서 삭정이 된 어리고 여린 것들, 천지 사방 가득 한이 남아 오늘도 바다엔 비가 내리는구나. 어린 꽃들이 수면 아래로 지고 또 지고 조류에 휩쓸린 바닷물보다 더 깊이 회오리치는 가슴속 울분이 어미의 마음에서 터져 올라 눈시울에서 피로 마르는구나. 무조건 어른들이 하는 말 잘 들으라고 가르쳐서 미안하다. 서로 양보하고 배려하라고 가르쳐서 미안하다. 사랑하는 내 아들아, 내 딸들아! 잘 가거라. 내신 등급도 없고, 성적으로 줄 세우지도 않고, 차가운 경쟁도 없는 좋은 세상으로 가거라. 우정으로 다져지고, 서로 평

등하며, 더불어 잘 사는 신나는 세상으로 나비처럼 훨훨 날아
가거라. 네가 사는 거기는 천 년이 하루 같은 영원과 평화의 나
라이기를.

〈비 5〉

내 사랑하는 어머니! 어젯밤 꿈에서 잠시 뵈올 때 왜 그리 서
럽게 목놓아 우셨나요. 이 못난 자식 때문에 온갖 세상 고생 다
하시고 밤마다 소리 죽여 제 이름 부르시는 어머니!

지상에 머무는 동안 이제 다시는 저를 위해 눈물을 흘리지
마세요. 저는 언제나 어머니의 마음속에 살아 있으니까요. 아
픈 사월을 이기고 오월의 장미처럼 다시 피어날게요. 유월의
신록으로 다시 푸르러질 거예요. 밤하늘에 빛나는 천 개의 별
이 되고, 들녘에 부는 천 개의 바람 되어 돌아올게요. 거짓과 부
패로 얼룩진 이 세상 말끔히 씻어내고, 밤바다의 검은 등을 향
해 죽비를 내리치는 세찬 비가 될게요. 그래서 어두운 세상 환
하게 열고 하늘 끝 포근한 그곳에서 우리 다시 꼭 만나요. 내 사

랑하는 어머니.

〈悲 6〉

배가 뒤집혀도, 침몰해도 시간이 지나면 다 살아 돌아올 줄
알았던 너무도 착한 바보들이 사는 나라. 그러나 이 땅에서 기
적은 일어나지 않았다. 어른들은 그 약속을 저버리고 배를 떠
났다. 사납고 무서운 돈의 노예들이 양심을 저버리고 떠나버린
바다는 아예 입을 다물어버렸구나. 차마 소리 내어 울지도 못
하겠구나. 한심하고 무력하여 미안하다는 말도 할 수가 없구
나. 기울어져 가던 뱃속, 차가운 물속에서 간절하던 너희 기도
와 소원, 신기루처럼 사라져 가고 가여운 목숨들은 꽃처럼 스
러져버렸구나. 이제는 별이 되어 반짝이는 아이들아. 욕된 이
름들이 지상을 떠날 때까지 그들을 잊지 말고 끝까지 지켜보려
무나. 무엇이 그리 다툴 것이 많고 무어 그리 떠들 것이 많은가.
아직 너희들이 무섭고 시린 바다에 갇혀 있는데. 이제는 누구
를 원망도 말고 미워도 하지 말자. 너희들의 희생이 헛되지 않

게 하려면 이 잔인한 4월과 5월을 절대 잊지 않는 것, 일깨워진 슬픔과 부끄러움이 사그라지지 않게 하는 것. 폐허의 가슴에 슬픔과 울분 대신 사랑과 정직과 정의가 가득 찰 때까지 별이 된 너희를 위해 하늘을 자주 올려다보마. 멈춘 시간이 다시 흐르고, 고여 썩어버린 웅덩이의 물들이 다 마를 때까지 너희 아픈 빛을 오래도록 비추어 다오.

빈집이 환하다

집이 저 혼자 오래 기다리고 있었다. 문을 열자 그동안 갇혀있던 공기들이 매캐한 먼지를 코앞에 훅 던져주곤 재빨리 문밖으로 빠져나간다. 며칠 비운 사이 숨어든 음산한 공기들로 포위당한 집이 속히 풀려날 수 있도록 현관문과 창문들을 활짝 열어젖힌다.

어느 틈으로 들어왔는지 깡똥한 몸매의 어린 여치 한 마리가 탁자 아래서 톡톡 튄다. 놈은 처음에 아무것도 모른 채 헐거운 문틈으로 발을 슬쩍 디밀었을 것이다. 그렇게 오랜 시간을 이곳에서 머물 것이라고는 꿈에도 생각하지 않았으리라. 여치에게는 미안한 일이지만 그 조그만 생물체의 움직임조차 없었다면 홀로 남은 집은 참을 수 없는 적적함에 아마도 벌써 까무러쳤을지 모른다. 여치는 내가 발소리를 낼 때마다 딴 곳으로 날아가기 위해 높이 튀어 오른다. 행여 사람이 해코지나 하지 않을까 경계하는 눈치가 역력하다.

집은 내가 없는 동안 아마도 많은 궁리를 했을 것이다. 주인이 돌아오기까지 그저 무사태평하기를 기원하며 여기저기를 둘러보았을 것이 뻔하다. 야무지지 못한 주인이 수도꼭지를 단단히 잠그지 않아 아까운 물이 줄줄 새고 있는지, 베란다 바깥쪽에 깜빡 잊고 끄지 않은 전등이 한낮의 햇빛에게 오히려 무안할 정도로 희미한 빛을 흘리고 있는지 살펴보았을 것이다. 그 아래 놓인 서너 개의 화분엔 아직 흙이 마르진 않았음을 발견하게 되리라. 하지만 얼마나 있다 돌아올 것인지 속내를 보여주지 않는 주인 때문에 화초들이 말라죽지나 않을까 조바심도 났을 터다.

값나가는 물건이 없으니 복면을 쓴 도둑이 들 일은 없을 테고 오랜만에 아무에게도 구애받지 않고 집은 편안히 엎드려 단잠을 청해보기도 했을 것이다. 그러다가 주인이 떠나고 난 후 뒤늦게 온 택배 기사의 인터폰 소리에 화들짝 놀라 짐짓 태연한 모습을 하고 바른 자세를 갖춰 보았는지도 모르겠다.

아파트 초입의 경비실에서 내가 집을 비운 사이 맡아 두었다가 건넨 소포의 배송 일자는 일주일을 훨씬 넘기고 있었다. 집도 소포도 천덕꾸러기가 되어 평소엔 그다지 살갑게 굴지 않는 주인을 목이 빠져라 기다린 것이 분명하다. 그동안 모두들 잘 있어 주었구나 하는 안도의 한숨을 내쉬며 집안 여기저기를 쿵쾅거리며 다닌다.

요즘은 집도 진화하는 듯하다. 주인의 습성을 그대로 배워 이따금 주인을 그대로 흉내내기도 한다. 예고도 없이 방문한 집의 현관에 들어서면 어째 집은 그 주인의 모습을 꼭 닮아 있다.

오래 묵은 집은 이따금 병이 나기도 한다. 집이 아프다고 소리치면 얼른 병을 고쳐주어야 한다. 바쁘다는 핑계로 이러한

경고를 무시했다가는 심술을 부리고 갖은 말썽을 일으킨다. 앙탈을 부릴 때마다 살살 달래가며 함께 버성겨야 마찰이 없다. 그래야 내가 힘들 때 집에게 슬쩍 기대어 볼 염치가 생기는 것이다.

빈집은 비어 있었던 만큼 그 속에 많은 이야기를 품고 있을 듯하다. 어릴 적 학교에 갔다 오면 집은 자주 혼자 남아 있었다. 대문을 밀고 들어올 때까지만 해도 환하게 웃던 얼굴은 무거운 집안 공기를 깨닫고는 곧바로 시무룩해졌다. 가방을 아무렇게나 내팽개치고 어머니가 뜨개질을 할 때 앉았던 방석으로 얼굴을 감싼 뒤 일없이 펑펑 울기도 했다. 그 방석에서는 어머니의 향긋한 살 냄새가 났다. 어머니가 집으로 돌아올 때까지 마당 여기저기를 기웃거렸다. 담벼락 아래에는 토끼장이 있었다. 꼭 붙어있는 두 마리의 토끼를 보니 괜히 심술이 나서 따로 떼어놓으려고 긴 작대기를 집어넣어 휘저어보기도 했다. 그때는 어린 나만 서러운 줄 알았다. 내가 학교에서 돌아올 동안 홀로 긴 시간을 기다려야 했던 집의 외로움 따위는 아랑곳하지 않았다.

해거름이 지나 어머니가 시장에서 못다 팔고 온 물건을 툇마루에 '쿵' 하고 내려놓을 때 비로소 집은 다시 숨을 내쉬는 것 같았다.

집은 주인의 발소리를 기억하는 것이 틀림없다. 게으름을 피우고 있다가도 주인이 돌아올 때쯤이면 언제 그랬냐는 듯 바짝 긴장하는 모습이다. 그래서 주인이 오면 괜히 바쁜 척을 한다. 사실 주인의 손을 빌어서 하는 일이긴 하지만, 집은 급히 전등을 켜고 벽에서 느슨하게 뽑아둔 전기 코드를 부지런히 꽂는다. 또 부엌 한쪽에 밀쳐 두었던 따뜻한 불씨들을 불러내어 세상에서 가장 맛있는 찌개를 끓여내고 찬장 위쪽에 놓아둔 찬그릇을 내려 가지런히 살강에 포개 놓는다. 어머니는 늦은 저녁을 짓느라고 이마에 송골송골 땀방울이 맺히고 집도 주인의 꽁무니를 쫓느라고 덩달아 바빠진다.

집은 주인의 마음을 읽을 줄 안다. 어머니가 시장에서 못다 팔고 머리에 이고 온 무거운 짐처럼 저도 과묵한 지붕을 이고 그 우직한 슬픔 앞에 함께 목이 멜 때가 많다. 하루 벌어 하루를 사는 고달픈 삶이지만 날이 저물어 돌아온 가족들이 하루의 허물을 벗고 온몸을 깨끗이 씻어낼 때 고단한 노동의 땀과 슬픔까지도 집은 함께 씻어내기를 바라는 것이다. 텃밭 언 땅을 파서 몇 포기 남지 않은 배추를 뽑아내는 어머니의 시린 손끝과 새우처럼 구부정해진 허리가 곧게 펴지기를 집은 간절히 원했을 것이다. 한 달 남짓 이른 새벽부터 늦은 저녁까지 바닷가 방파제 공사에 나갔다가 무르팍을 다친 아버지 옆에 삐거덕거리던 의자 하나 불쑥 내밀어줄 줄 알았던 집은, 나무처럼 그대로 하나의 뿌리가 되어 지층 가장 낮은 곳까지 내려가 희망의 수액을 뽑아 올려주었다. 불 지핀 아랫목에 언 몸을 녹이고 그 의자에 앉아 쉬는 동안 아픈 삶이 아물어진다면 자신이 홀로 남아 기다렸던 시간들이 그리 따분하다고만 여기지는 않았을 게다. 달빛 부서져 내리는 밤, 모두가 단잠의 베개를 베고 깊은 마법에 빠져든 그때도 집은 따뜻한 시선으로 나지막하게 자장가를 부르며 시간의 얼레를 조금씩 풀어내었을 것이다.

　이제는 기다릴 사람조차 없는 쓸쓸하고 환한 고향의 빈집은 세상이 지워준 무게를 바닥에 다 내려놓고 주춧돌위에 가볍게 올라앉은 마른 잎들과 함께 고생대의 화석처럼 굳어가고 있는 걸까.

소심한 복수 대행업체

⌂ 건당 만 원의 수수료만 받습니다. 피의뢰인을 깊은 산 속 으슥한 곳에 목만 남기고 파묻은 뒤 스멀스멀 짙은 어둠이 밀려오면 장비를 모두 챙겨 철수해버린다든지, 다리를 묶은 다음 무거운 돌덩이를 매달아 부산 앞바다에 던져버린다든지 하는 대범한 복수는 전문 해결사에게 의뢰하시기 바랍니다. 일상생활에서 쉽게 할 수 있는 좀 더 현실적이고 소심한 복수만을 대신해 드립니다.

소심한 복수는 절대로 티가 나지 않아야 하며 누가 보아도 흔히 발생할 수 있는 일이라는 생각이 들게끔 자연스럽게 이뤄져야 합니다. 복수라고 해서 상대방에게 정말 큰 피해를 주게 된다면 그것은 범죄와 다를 바 없기 때문입니다. 만에 하나 있을지도 모르는 상대방의 보복에 대비하여 의뢰인의 신분은 철저히 보장되며 복수의 방법은 의뢰인과 충분한 상담 후 가장 속시원한 해결책을 선정하여 곧바로 작전에 투입됩니다.

복수의 종류에 따라 수수료가 조정될 수 있습니다. 예를 들면 피의뢰인 신발 납치를 위해 비밀리에 잠입한 음식점의 식대 및 약간의 음료수 값이 추가될 수 있습니다. 피의뢰인이 벗어둔 신발의 위치와 적절한 납치 시점 등을 판단하기 위해서는 현장에 직접 투입되어야 하므로 간단한 식사를 하면서 호시탐탐 기회를 엿보아야 하기 때문입니다. 이 방법이 식상하다면, 피의뢰인이 벗어놓고 들어간 구두 속에 잘 익은 은행 열매를 몰래 집어넣고 냅다 줄행랑을 치는 방법도 있습니다. 소갈비를 맛있게 뜯고 나와 무심코 신발에 발을 넣는 순간, 뭔가 물컹한 것이 밟힐 것이고 곧이어 짓물러 터진 은행 열매의 구린내로 피의뢰인은 당장 구두를 벗어던지지 않을 수 없게 될 것입니다.

또 다른 경우, 의뢰인의 애인을 가로챈 친구가 사이좋게 영화티켓을 끊었다는 정보를 입수하면 두 사람이 앉은 극장에 잠입합니다. 그들의 시야를 방해하기 위해 챙이 넓은 모자를 쓰고 이리저리 목 돌리기 운동을 부지런히 해야 하는데 이때 드는 비용은 의뢰인이 지불하셔야 합니다. 반드시 피의뢰인이 앉은 바로 앞자리의 티켓이 필요하므로 그 자리를 누군가가 선점하고 있다면 조금의 웃돈이 필요합니다. 모자 구매비용, 그 외 팝콘과 콜라 구매를 위한 약간의 실비가 추가된다는 것을 염두에 두시기 바랍니다.

직장에서 과장님이 의뢰인을 가만두지 않으십니까. 섣불리 덤볐다가는 가뜩이나 취업하기 어려운 이때에 잘리기 십상, 여기에는 약간의 위험수당이 붙습니다. 또한 이런 종류의 복수는 저희와 의뢰인의 은밀한 공조체제와 첨단의 통신체계가 구축되어야 가능합니다. 의뢰인은 일단 사무실로 들어가 현재의 상황을 정확히 이곳으로 전송해주시고 휴대폰은 항상 켜두시기 바랍니다. 우선 남보다 조금 먼저 출근하여 과장님 책상 위에 놓인 유선전화기 줄을 마구 꼬아 놓으십시오. 그리고 좀 떨어진 회사 전화로 과장님 직통전화를 울리십시오. 과장님이 받으시면 바로 끊고, 또 전화를 걸어 받으면 끊기를 몇 차례 계속 하십시오. 아마도 과장님 엄청나게 열받으실 겁니다. 게다가 비비 꼬인 전화선까지 풀려면 짜증 제대로 나서서 송수화기를 던져버릴지나 않을까 걱정입니다. 약이 바짝 오른 과장님과의 안전거리 유지는 필수이고요. 컴퓨터 키보드에 과자부스러기 떨어뜨려 놓기, 책상 밑 무릎 닿는 부분에 씹던 껌 붙여 놓기, 커피 타 오라고 할 때 아직 덜 끓은 미지근한 물을 붓고 지저분한 먼지를 잔뜩 묻힌 손가락으로 휘저어 갖다 드리기 등, 복수의 방법은 무궁무진합니다. 그러나 자칫하면 들키기 쉬우니 인사는 꼬박꼬박, 항상 웃는 모습 보여주기, 나는 당신에게 아무런 불만이 없으며 늘 존경하고 있다는 마음을 시시때때로 보여주어야 의뢰인을 100% 신뢰하게 됩니다. 단체 회식 때에 큰 소리로 "과장님 오늘 기분 좋으셔서 회식비 다 내신답니다."라고 공개 발표하면 어쩔 수 없이 꽉 다문 지갑을 열어야 되겠지요.

아침에 출근하려는데 얌체 주차족이 의뢰인 차 앞을 가로막고 있다고 칩시다. 연락처도 남겨 놓지 않고 사이드 브레이크까지 바짝 위로 당겨 놓았을 때 어떻게 하면 속시원한 복수를 할 수 있을까요. 생각 같아선 타이어에 마구 펑크를 내놓고 싶지만 우린 티내지 않게 일처리하는 소심한 복수의 전문가들이니까 이렇게 진부한 방법은 사용하지 않습니다. 우선 문방구에 가서 강력 본드를 사온 뒤 앞유리 와이퍼에 골고루 펴 바릅니다. 가끔 내 차인 양 얌체족 차의 문짝을 걸레로 한 번씩 쓰으윽 쓱 닦아주는 센스도 발휘하면서 말입니다. 본드가 좀 남으면 앞유리에 케첩 뿌리듯 몇 번 돌려가며 기초 작업 한 뒤 화단에 있는 흙을 한 움큼 쥐어 바람 부는 방향대로 흩뿌려주기만 하면 복수가 끝납니다. 이 친구, 나중에 와서 현장을 보고 앞유리 와이퍼를 작동시킬 건 뻔한 일, 그 다음은 본인이 알아서 하게 그냥 내버려두시면 됩니다. 앞유리에 들러붙은 강력본드의 흔적을 완전히 제거하려면 반나절은 족히 걸리지 않을까 판단됩니다.

　혹시 학교에서 이유 같지 않은 이유로 의뢰인을 괴롭히는 불한당이 있다면 당연히 복수의 대상에서 빠뜨릴 수 없겠지요. 그중에 한 명이 화장실에 들어가는 것을 목격한 다음, 의뢰인이 제공하는 액체 또는 분말로 피의뢰인이 앉아 있을 법한 위치에 정확히 투척합니다. 재료로 쓰는 액체와 분말은 뒤처리가 좀 힘들긴 하지만 인체에 위험하지는 않습니다. 맹물에 식초를 좀 강하게 타거나, 시각적인 효과가 확실한 밀가루 정도로도 소심한 복수는 충분합니다. 1분 이내에 우리는 화장실에 들어간 사람이 내지르는 외마디 비명을 반드시 듣게 될 것입니다.

　또한 결혼 적령기의 의뢰인이 맞선을 보았는데 상대방이 무시하며 퇴짜를 놓았을 때 그 어이없는 기분을 잘 아는 저희가 또 가만히 있을 수는 없지요. 의뢰인을 무시했던 상대방이 다른 사람과 맞선보는 장소에 가서 최대한 그들과 가까운 좌석에 자리를 잡습니다. 물론 그 사람이 눈치채지 못하게 의뢰인 쪽도 맞선을 가장하여 미리 각본을 짠 상대방과 함께 앉습니다.

그런 다음, 그들이 자기소개를 하거나 집안자랑을 늘어놓으면 말끝마다 "거짓말"이라고 크게 외치는 겁니다. 아마도 두 사람은 오래 앉아 있지 못하고 그 자리를 속히 떠나게 될 것입니다.

의뢰인의 어떠한 문제라도 적극적인 대안을 마련하여 다양하고 소심한 복수를 대행하고 있으니 문제가 생기면 주저하지 마시고 저희 회사로 전화만 주시면 됩니다. 뒷감당은 저희들이 모두 알아서 하고 만약의 경우에 있을지도 모를 피의뢰인의 법정 소송까지 미리 방지하기 위해 피의뢰인에게 절대로 들키지 않는 삼십육계 초스피드 줄행랑 시스템을 가동하고 있습니다.

오늘도 혼자 힘으로는 어찌해 볼 방법이 없어 복수의 칼날을 갈며 속만 부글부글 끓이고 있는 이 땅의 수많은 소심 남녀를 위해, 본 대행업체는 역사적 사명을 다 할 것을 굳게 다짐하며 여러분의 전화를 기다립니다. 지금 바로 전화 주십시오. 언제라도 즉시 달려가겠습니다.

- 소심한 복수 대행업체 - ☎ 1588-00XX

버스를 타고 가다가 먼저 앉았던 누군가가 두고 내린 듯한 책 한 권을 발견한다. 위의 글들은 그 책갈피에 꽂혀있는 메모지 한 장에 촘촘히 박아 넣은 듯 작은 글씨로 씌어 있었다. 광고 문구가 이색적이라 혼자서 속웃음을 키들거렸다. 정말 이런 사업을 하는 사람도 있을까. 누군가가 장난처럼 쓴 글이겠지만 몇 번을 거듭하여 읽고 또 읽었다. 시답잖은 소리라고 몇 줄 읽다 덮어버릴 수도 있었을 텐데 정작 그러지 못했던 이유는 내 마음속에도 이런 소심한 복수를 해야 할 대상이 있다는 것인가. 혹시라도 나중에 그런 사람이 생긴다면 여기 적힌 대행업체에 전화를 하는 소심한 의뢰인이 바로 나일 수도 있을 거라는 엉뚱한 생각이 들어서인가.

실존 여부를 알 수 없는 사업체명과 전화번호를 두고, 나는 한동안 갈등을 겪었다. 이런 속마음을 누군가에게 들키기라도 할까 봐 삐져나온 광고 문구 메모지를 바지 뒷주머니에 슬며시 구겨 넣는 나 또한, 이 땅의 소심 남녀 중 한사람임은 틀림없는 사실인 듯하다.

카프카적的 귀가

이것을 눈부신 고립이라 말할까. 아무 일 없을 것이라던 기상청의 예보를 비웃기라도 하듯 밤사이 폭설이 내렸다. 눈은 겨울을 다 묻어버리고도 그 위에 겹겹이 쌓였다. 어쩔 수 없이 차를 두고 걸어서 출근해야 한다. 저 멀리 설원을 배후로 둔 낡은 삼 층 건물 한 채가 기차 떠난 간이역처럼 외로이 남아, 지붕 위 눈 무덤의 무게에 앙버티고 서 있다.

눈을 뒤집어쓴 본부 건물을 들어서니, 낡은 건물보다 내가 먼저 무너질까 걱정스럽다. 사무실 책상 한쪽에 어제 못다 한 일들이 수북이 쌓여있다. 컴퓨터 화면엔 집달관이 붙이고 간 재산 차압딱지처럼 포스트잇이 여기저기 들붙어 있다. 메모된 내용은 상급부서의 문서 회신 독촉이다. 손이 보이지 않을 만큼 부지런히 움직여야 떡시루처럼 쌓아올려진 미결 서류의 높이를 조금이나마 낮춰갈 수 있을 것이다. 여러 수십 통의 민원 전화를 받아 일일이 친절하게 답변하고, 잘 지켜질지 알 수는 없지만, 희망적인 약속 일정을 전송한다.

오후에 인사과에서 내년도 인사 계획을 게시판에 올려놓았다. 사람들이 커피 자판기 앞에 모여 수군거린다. 나이도 먹을 만큼 먹었는데, 연고지를 떠나 먼곳으로 발령을 받는다는 것은 어지간한 모험심이 없고는 받아들이기 힘들다. 누군가가 어떤 한 사람을 거론하고는 손으로 목을 치는 시늉을 한다. 그 옆에 섰던 사람이 거든다.

"마르고 닳도록 해먹었잖아, 더 이상 버틴다면 양심도 없는 사람이지."

게시판에 자신의 이름이 없는 것을 확인한 사람들은 안도의 한숨을 내쉰다.

요즘의 인사이동은 한 치의 머뭇거림도 없이 속히 진행된다. 어영부영하다가 윗사람이 바뀌어버리면 거의 마무리되어가던 일도 처음부터 다시 시작해야 할 경우가 생긴다. 결재서류를 들고 상급자의 집무실로 향한다. 한 사나이가 침묵보다 깊은 고뇌에 잠겨 있다. 조금 전에 입방아에 오른 사람, 더 버티려고 했다가는 양심조차 없어질 그다. 작년에 음주운전으로 징계를 받았다. 나이 마흔에 상처喪妻를 하고 십여 년간을 홀아비로 살았다. 아직 대학교에 다니는 자녀가 둘이나 있으며, 병중에 계신 노부모를 모시고 산다고 했다. 하지만 세상은, 그가 왜 음주운전을 해야만 했는지 한 번쯤 되돌아봐 줄 용의가 전혀 없다. 어떤 상황에 처하더라도 공직자로서의 올바른 자세를 지키지 못한 그를 냉혹한 잣대로 평가할 뿐이다.

갑작스러운 정전으로 집무실의 불이 나간다. 어두울수록 빛나는 안경알 속, 그의 눈가가 사뭇 젖어 있는 듯하다. 등을 구부정하게 수그리고 결재서류를 훑어가는 손이 오늘따라 유난히 심하게 떨린다. 서명을 하고 말없이 돌아앉는 그의 모습이 마치 항구에 오래 묶여 삭아버린 거룻배 같다.

어수선한 분위기를 무마해보려는 듯 저녁에 회식이 있다는 처부장의 전달사항이 있었다. 아마 인사이동으로 마음 착잡해진 이들을 위로하는 자리이리라.

체질상 잘 마시지도 못하는 술을 윗사람과 동료들의 권유에 의해 억지로 마시다 보니 뱃속은 한판 전쟁을 치른다. 화장실에 가는 척하고 슬그머니 자리에서 일어나 회식 장소에서 몰래 빠져나온다.

몸은 이미 균형을 잃은 지 오래다. 택시도 오지 않는다. 그나마 다행스럽게 아침엔 운행하지 않던 버스가 내 앞에 멈춰 선다. 빨리 타려는 뒷사람에게 떠밀리다시피 버스에 오르니, 내 걸음걸이로 보아 만취한 상태인 걸 알았는지 눈치 빠른 학생이 좌석을 양보하고는 멀찌감치 선다.

오늘 하루는 너무 피곤하다. 좌석이 없다면 바닥에라도 퍼질러 앉아야 할 판이다. 쓰러지듯 의자에 앉다가 유리창에 머리를 심하게 부딪쳤다. 깨어질 듯한 두통과 함께 아까부터 메스껍던 속이 자꾸 울렁거린다. 의자 아래서 뿜어 나오는 히터의 열기가, 바닷물에서 나온 지 오래된 해삼처럼 온몸을 축축 늘어지게 한다. 저절로 눈이 감긴다. 정신이 아득하다.

어느 순간 버스 뒤쪽에서 귀에 익은 목소리들이 들려와 고개를 돌린다. 우리 가족들이 버스 뒤쪽 긴 의자에 나란히 앉아 있다. 아버지와 어머니의 모습도 보인다. 흐릿한 기억이지만 두 분은 이미 오래전에 이승의 끈을 놓으셨는데, 이 버스에 왜 타고 있는 건지 도무지 알 수가 없다. 뒤에 앉은 가족들이 나를 발견한 건 한참 뒤였지만, 이런 상태로 그쪽으로 옮겨갈 수도 없고 가족들 또한 눈빛으로만 알은 체를 한다.

부모님과 동석한 오빠와 동생이 TV를 보면서 박장대소한다. 몹시 소란스럽다. 다른 승객들도 뒤섞여 있었지만, 그들은 전혀 우리 가족들을 의식하지 않는 듯하다. TV 보기가 지루했는지 동생이 중국집으로 전화를 한다. 탕수육, 팔보채, 유산슬을 주문하고도 모자라 덤으로 군만두까지 보내라고 한다. 달리는 집에다 밥상을 차리고 식사까지 할 모양이다. 창피한 생각이 들어 가족들을 말려 보려 했지만 몸이 말을 듣지 않는다. 곧바로 다음 정류장에서 중국집 배달부가 철가방을 들고 올라와 "중국요리 시키신 분"을 찾는다. 그래도 승객들은 괘념치 않는다.

가족이 식사를 하는 동안, 달리는 집은 계속 덜컹거린다. 속이 다시 울렁거렸지만 눈을 질끈 감고 꾹 참는다. 바퀴 달린 이상한 집은 한참을 달려가더니 어느 정류장에서 흰 가운을 입은 의사를 태운다. 때마침 식사를 마친 오빠가 그를 내게로 데려와서 말했다.

"요즘, 네 얼굴색이 하도 좋지 않아 일부러 수의사를 불렀다."

며칠 전에 왼쪽 가슴께가 자꾸 아파서 병원에 한번 가야겠다고 얘기는 했었지만, 여기까지 의사를 부를 줄은 몰랐다. 그런데 오빠가 잘못 이야기한 건가. 수의사라니. 내과 의사들이 모두 폐업이라도 해버린 걸까. 이상한 일이었지만 내가 술에 취해 잘못 들었으려니 했다. 어찌 되었건 내 건강을 생각해준다는 건 고마운 일이었다. 다만, 가족들이 어제와는 확연히 다른 눈빛으로 나를 바라보고 있다는 것이 조금 마음에 걸렸다.

젊은 수의사는 가족이 식사를 하던 식탁에 나를 번쩍 들어 눕혀놓고는 청진기를 이곳저곳에 댄다. 병원에 갈 때마다 항상 느끼는 것이지만, 나보다 더 젊은 의사가 진찰을 하면 뭔가 좀 꺼림칙하다. 그가 아무리 좋은 의과대학을 나왔고 그 분야의 전문가라 해도, 단지 젊다는 이유 하나가 진료 결과에 대해 반신반의하게 하는 것이다. 지금도 마뜩잖지만 가족의 성의를 봐서 싫은 티를 낼 수는 없다. 그는 차가워 보이는 금테 안경을 콧잔등 위로 밀어 올리며 혼잣말처럼 되뇐다.

"심장 박동 수가 현저히 떨어지고 있군."

잠시 뒤, 그는 가족들에게 엄청난 금액의 수술비를 청구하고는 얇은 고무장갑을 낀다. 그리고는 가져온 가방에서 수술 도구 같은 것을 꺼내어 가슴 부분을 절개한다. 너무도 순식간에 일어난 일이라 어디가 어떻게 잘못되었는지 물어볼 겨를조차 없다. 마취도 않은 채 절개된 가슴 속에서 붉은 허파가 헐떡인다.

달리던 집이 너무 요동치는 바람에, 애송이 의사의 수술용 칼이 결국은 오른쪽 심장을 다치게 했다. 손상된 심장에서 붉은 피가 마구 솟구쳐 오른다. 때마침 운전기사가 미끄러운 길에서 급브레이크를 잡아 한꺼번에 앞쪽으로 쏠린 승객들이 내지른 소리에, 고통으로 일그러진 나의 외마디 비명은 어설프게 묻혀버리고 만다.

가족들은 간단히 치료하면 될 줄 알았던 내가 큰 수술을 받게 되자 의사에게 지불할 돈을 어떻게 마련할 것인가에 고심하고 있는 듯했다. 오늘은 정말 가족들이 이상하다. 이제껏 가족의 모든 생활비를 내가 번 돈으로 써왔는데 새삼스레 왜 저러는지 알 수가 없다. 내가 못 미더운 걸까. 일흔이 훨씬 넘은 아버지는 내일부터 막노동이라도 해야겠다 하시고, 관절염으로 걷기조차 힘든 어머니까지 파출부로 나갈 거라 한다. 오빠와 동생도 새로운 취직 자리를 찾아볼 참인가 보다. 모든 것이 혼란스럽다. 침체된 경기 탓에 가족들의 의식조차 그렇게 변해버린 것일까.

그가 다시 수술용 칼을 고쳐 잡고 집도하는 동안, 달리는 집은 여러 차례 문이 열리고 닫힌다. 그럴 때마다 승객들이 오르내렸지만 뒷좌석에서 일어나는 일들에 대해서는 아무도 문제를 삼거나 관심을 두지 않았다. 가족들은 다시 내 수술비에 대해 의논한다. 하지만 지금 당장은 지불할 수가 없으니 의사의 처분에 맡겨보자는 결론에 닿는다. 이제껏 내게 우호적이었던 오빠도 수술비가 상당한 부담이 되는지 곱지 않은 시선으로 나를 흘겨본다.

나는 잔뜩 몸을 웅크리고 그가 빨리 수술을 끝내주기를 기다렸다. 하지만 수술 도중에 어딘가에서 전화가 걸려왔다. 그는 가운 주머니에서 전화를 꺼냈다. 허리를 연신 굽실거리는 것을 보니 지체 높으신 분의 집에 환자가 생긴 모양이었다. 그는 가방을 둔 채로 서둘러 다음 정류장에서 내린다. 무의식중에 열린 가슴을 부여잡고 나도 그를 따라 황급히 내렸다. 온몸이 찢어질 듯 혹독한 고통으로 사지에 쏠렸던 힘이란 힘은 죄다 풀려나갔다.

무엇이 그리 급한지 그는 흰 가운을 펄럭이며 골목 안으로 빨려들 듯이 사라진다. 목이 터져라 그를 불렀건만, 허술한 블록 담에 부딪혀 돌아온 것은 놀랍게도 "야옹야옹" 하는 고양이의 울음소리다. 믿기지 않는 일이었지만 한 마리 나약한 짐승의 울부짖음이 내 목울대를 타고 흘러나왔다. 길거리 옷가게의 쇼윈도에 슬쩍 비친 내 모습에 하마터면 까무러칠 뻔했다.

"대체 내게 무슨 일이 일어난 거야. 모든 게 엉망진창이 되어 버렸잖아."

하지만 더 이상 지체할 수도 없다. 붉은 피를 뚝뚝 흘리며 그의 뒤를 네 발로 쫓아 달려간다. 봉합되지 않은 가슴팍에서 뛰쳐나온 심장이 길바닥에서 펄떡인다.

나는 금이 간 블록 담에 머리를 처박으며 몹시 괴로워한다. 도무지 이해할 수 없는 일들의 연속이다. 너무도 가까운 거리에 있었던 가족들의 얼굴이 저 멀리 아득해진다. 달려갈수록 내 속에 있던 모든 내장 기관들은 본체에서 힘없이 떨어져 나온다. 나는 한 발짝도 움직일 수 없는 지경이 되어 길바닥에 풀썩 주저앉고 만다.

그리고는 얼마나 시간이 지났을까. 수술 뒤 봉합도 하지 않은 채 도망쳐버린 수의사를 따라 분명히 버스를 내렸었는데 나는 어느새 버스에 타고 있었다. 비포장도로에 접어든 버스가 다시 덜컹거린다. 중심을 잃고 유리창에 머리를 세게 부딪쳤다.

이제 정신이 좀 드는 것 같다. 흐트러진 머리카락을 이마 위로 쓸어 올리며 가족들을 찾기 위해 뒤돌아보았지만, 뒷좌석에 당연히 있어야 할 가족들이 아무도 보이지 않는다.

"나만 두고 말도 없이 언제 내려버린 거야?"

아직 봉합되지 않은 통증을 움켜쥐며 먼저 내린 가족들에 대한 야속함을 되새김질하고 있는데, 웬일인지 지금까지 무심하기만 했던 승객들이 내게 따가운 눈총과 야유를 보내는 것이다. 어떤 이는 혀까지 끌끌 차며 도저히 못 볼 것을 본 듯 언짢은 표정이다. 주변을 살펴보니 이제껏 회식자리에서 먹고 마셨던 것들을 내가 앉았던 자리에다 모조리 내놓고 사람들에게 구경시킨 것이 화근이었다.

토해내려 한 것이 뱃속에서 나온 음식물뿐이었을까 마는, 사람들은 정녕 내가 세상을 향해 뱉어내고 싶은 것들은 보지 않고 눈에 보이는 현상들과 귀에 들리는 소리만 듣고는 달리는 집에서 나를 추방하려 든다. 그때까지 묵묵히 참고 달리던 집의 운전기사가 급기야 문밖으로 내 꿈길을 쏟아버렸다.

오물로 목욕을 한 차림새가 흉물스러웠던지, 거리의 사람들이 나를 손가락질한다. 들락날락하는 정신을 가다듬어보려 하지만 그게 생각처럼 쉽지 않다. 여기저기 야유의 눈빛을 보내는 사람들 틈으로 낯익은 모습들도 목격된다. 얼굴이 확 달아오르며 가슴이 뻐근하게 아파 온다. 그러던 찰나, 비닐 장판처럼 말리며 내 앞으로 다가온 시커먼 아스팔트가 이마에 사정없이 철퍼덕 붙는다. 충격이 컸지만 나는 다시 일어선다. 그러나 이번에는 저 멀리 서 있던 전봇대 서너 개가 갑자기 나를 향해 전력 질주해 오는 것이 아닌가. 회식 후 귀가하기까지 도대체 내겐 무슨 일들이 일어난 것일까.

철고 위에 놓은 징검다리

차라리 눈도 귀도 가슴도 없어져 버렸으면 싶은 날엔 다리 위에 선다. 버거운 삶에 지쳐 아무 생각도 하기 싫어질 때, 행여 다리 위에 서서 아래를 내려다보면 불안하기만 한 내 미래를 미리 볼 수 있을까. 그러나 물 위에 일렁이는 것은 미래의 내 모습 대신 낯익은 한 남자의 얼굴이다. 물살에 표정이 흔들리는 그 사나이는 주름진 얼굴에 웃음기를 싹 거둔 근엄한 모습이다.

다리 위에 오르면 어제의 일처럼 떠오르는 기억이 있다. 초등학교 때 우리 동네에 큰물이 나서 아침나절에는 아무 일도 없었던 마을 다리가 점심 결에 허물어져 무너진 일이 있었다. 하 굣길, 무너진 다리 옆에서 아이들이 개울을 건너지 못하고 우 왕좌왕하고 있을 때, 저 멀리서 헐레벌떡 뛰어오는 사람이 있 었다. 아버지였다. 폭우에 불어난 물살에 휩쓸릴까 봐 러닝셔 츠와 반바지 차림으로 거센 물살을 헤치고 들어가 동네 아이들 을 일일이 등에 업어 개울을 건너게 해주셨다. 아버지께 업혀 하나둘씩 개울물을 건너 안전한 곳에 내려질 때마다 아이들은 박수를 치며 안도의 한숨을 내쉬었다. 한동안 아버지는 동네 아이들에게 슈퍼맨 같은 영웅이었다.

홍수에 무너진 다리가 마을 어른들의 협동 작업으로 다시 제 모습을 찾을 때까지 임시로 놓인 징검다리를 건너 학교에 다녀 야 했다. 간밤에 비가 와서 물이 불어난 날은 징검다리조차 물 속에 잠겨버려 개울을 건널 수가 없었다. 그런 날은 아버지께 업혀 징검다리를 건넜다. 그때 내게 내어준 아버지의 등은 얼 마나 든든하고 푸근하였던지.

그러던 어느 겨울, 아버지는 몇십 년 동안 다녔던 직장에 사표를 던지셨다. 아랫사람의 어떤 잘못으로 조직의 명예를 훼손했으니 윗선에 있는 사람으로서 책임을 지고 물러나겠다는 것이었다. 아무도 그런 아버지를 말릴 수 없었다.

철없을 땐 몰랐지만 자라나면서 나는 아버지가 원망스러웠다. 가족의 삶보다 자신의 체면과 명예가 더 중요했던 것일까. 아버지는 퇴직 후에 여러 가지 일에 손을 댔지만, 번번이 실패를 거듭했고 급기야는 어려움을 모르고 살아온 어머니가 행상을 나가서 가족들의 하루 먹거리를 해결해야 했다. 아버지의 표정은 날로 어두워졌다. 어렸을 적 내게 보여주었던 자상함과 온화함은 그 어디에서도 찾아볼 수가 없었다.

아마도 그때가 사춘기였지 싶다. 새벽부터 행상을 나가 늦은 밤까지 힘들게 일하고 돌아온 어머니께 아버지는 별것 아닌 일로 짜증을 내며 타박을 했다. 여태껏 단 한 번도 그런 일이 없었는데 그 날은 나도 모르게 아버지에게 대들고 말았다. 아버지가 이제껏 우리에게 해준 일이 뭐가 있느냐고, 아무 죄 없이 고생만 죽어라 하는 어머니께 무슨 볼 낯이 있어서 그런 말을 하느냐고 악다구니를 썼다. 아버지는 잠시 당황하는 듯한 모습을 보이더니 그 이후로 내게는 눈길을 주지 않았다. 나 또한 될 수 있으면 아버지와 부딪히지 않으려고 피하는 일이 많았다. 아버지와 나 사이는 시간이 지날수록 점점 더 간격이 벌어졌다. 서로 등져 사는 동안 내 가슴속엔 때 아닌 찬바람이 휙휙 소리를 내며 지나갔다. 아버지는 절대로 내게 속을 보여주지 않으셨다.

세월은 그렇게 흘러갔고, 내가 결혼을 하여 가정을 꾸릴 때까지도 아버지와 나 사이엔 뛰어넘지 못할 거대한 벽이 여전히 버티고 서 있었다. 화해할 기회가 몇 번 있었지만 나는 아버지가 용서되지 않았다. 정작 용서해야겠다고 마음먹었을 때는 아버지께 선뜻 다가설 용기가 없었다. 그런 어느 날, 친정에 다니러 갔을 때 아버지가 안 보이셨다. 달포 전에 아버지가 몸이 편찮다며 병원에 다녀온 후라 조금은 걱정이 되기는 했다.

저녁 늦게야 집에 도착하신 어머니는 아버지가 큰 병이 나서 병원에 입원했다고 하셨다. 마음이 내키지 않았지만, 병원으로 갔다. 한 보름만인데도 몰라보게 수척해진 얼굴 때문에 어쩐지 낯선 사람 같아 보였다. 어릴 적 건너가지 못한 물속의 징검다리처럼 아버지와 소통할 수 없었던 시간은 물아래 잠긴 돌덩어리처럼 가슴 밑바닥에 깊이 박혀 있었다. 큰물이 나서 끊어져버린 마을의 다리처럼 아버지와도 정신적 교감을 끊고 살았던 듯하다.

아버지는 간암 말기였다. 수술하기엔 시기가 너무 늦어버린 터였다. 그동안 아무도 아버지가 아프다는 걸 몰랐었다. 원망과 미움으로 가득 차 아버지의 고통 같은 것은 거들떠볼 생각조차 못 했던 것이다. 다시는 건너올 수 없는 레테의 강을 건너신 아버지의 임종조차도 나는 지키지 못했다. 내겐 원망과 한탄으로 가려졌지만, 아버지의 일생은 살기 위한 몸부림으로 점철된 삶의 연속이었음을 그때는 왜 알지 못했을까.

이제는 사라진 고향 마을의 다리를 떠올리며 바다 한가운데 우뚝 서서 그 위용을 자랑하는 광안대교에 오른다. 징검다리도 나무다리도 아닌 이 육중한 철교처럼 아버지와 나 사이가 견고했었더라면 아무리 거센 삶의 물살도 거뜬히 이겨낼 수 있었을 텐데. 아버지께 먼저 손 내밀어 끊어진 다리를 잇지 못한 것이 지금까지도 가슴속에 맺혀 한스럽다. 산다는 것은 지나간 것들을 버리는 것이 아니라 언제 생긴 것인지 알 수도 없는 내 몸의 흉터처럼 지울 수 없는 기억으로 껴안고 가야 하는 것인가 보다. 어쩌면 그리움으로 외롭고, 사랑으로 아파하는 그 모든 것들도 살아가며 느끼는 고요한 상처일 뿐. 허공을 팽팽히 잡아 당긴 이 거대한 다리 위에서 나는 이 세상에 아니 계시는 아버지께 건너가기 위해 다시 징검다리를 놓는 중이다.

제4부
어느 날 문득

기억의 습작

푸른 새벽에 만난 겨울 바다는 눈부셨다. 아무도 밟지 않은 눈 내린 겨울 풍경처럼 바람이 쓸고 간 백사장엔 새들의 발자국이 댓잎처럼 새로 돋고, 등대는 눈꺼풀을 치켜들었다 내리깔았다 하며 멀리 바닷길을 열고 있었다. 서슬 퍼런 작두날을 세운 듯, 동해의 검푸른 파도가 일어선다. 물살이 포말로 부서지는 해변에 어린 물새떼가 오종종 몰려와서는 해안선을 따라 일제히 밀려갔다 밀려오기를 반복한다.

언제부턴가 내 마음속에 들어와 흔들리던 해송들, 여전히 그

바다에 머물러 있었다. 달빛 세례를 받은 모래는 어둠 속이라서 더욱 희고 고왔다.

가난하지만 부지런한 바닷가 사람들은 이른 새벽에 불을 켠다. 한낮의 소란과 너덜너덜한 삶의 누더기를 잠시 내려두고 바다 저편의 세상을 본다. 따뜻한 피돌기를 하는 선창의 불빛들이 새벽녘 공복의 허기를 메워줄 수 있을까.

아버지의 바다는 더는 출렁이지 않았다. 내 몸속의 깜깜한 허공, 내 자리 어딘가에서 서서히 내가 빠져나간 빈자리에 기억은 멈춰 서 있었다.

중환자실의 한 생生은 이승과 저승의 경계를 몇 번이나 넘나들었다. 맥박과 심장의 뜀박질이 서서히 그 속도를 늦추고, 영상화면 속 그래프의 지그재그 선을 끝까지 따라가서 마지막 한 점이 소실될 때까지 막내는 병원에 도착하지 않았다.

"개똥밭에 굴러도 이승이 낫다는데…."

울먹이는 어머니의 낮은 목소리가 이명처럼 귓전을 자꾸 울렸다.

밀려왔다 밀려가는 파도에 생겨나고 지워지는 해안선처럼, 이승과 저승의 경계가 허물어지는 내 기억 저편, 해송이 흔들리는 풍경 속에는 늘 비릿한 바다 냄새가 났다.

마른 고사리의 봄

딴 데서 옮겨와 산 지 삼 년이나 지났건만 아직도 이곳은 내게 낯설다. 하지만 여기 깊은 골짜기에도 봄이 깃들어 죽은 듯이 딱딱한 껍질을 열지 않던 두릅나무에도 새순이 돋고, 숨 가쁜 능선 길 막으며 진달래의 어설픈 개화가 한창이다. 대지에 뿌리내린 모든 살아 있는 것들은 저마다 제 무릎뼈를 쭉쭉 펴며 나 여기 있노라 발돋움을 한다.

봄볕이 좋아 이른 점심을 먹고 뒷산에 오른다. 산이라고는 하지만 5분이면 오를 수 있는 언덕이다. 굳은 땅을 뚫고 나온 질경이, 민들레, 고들빼기가 하나둘 눈에 든다. 혹독한 겨울 동안 집안에 웅크리고 있느라고 저 대견한 목숨이 얼마나 힘겹게 봄을 기다려왔는지 미처 알지 못했다.

누구의 무덤인지 묘비명은 없지만 잘 다듬어 놓은 봉분과 상석 옆으로 짙은 보라색을 띤 할미꽃이 보송보송한 솜털을 입고 봄 햇볕을 쬐고 있다. 주말마다 내려가는 남녘의 꽃구경은 이미 물건너갔고 강원도의 깊은 산골, 접경지역에 핀 할미꽃 서너 송이로 꽃구경을 대신하려니 못내 아쉽기만 하다.

늦은 꽃놀이를 마치고 내려오려는데, 마을에서 올라온 아낙 몇 명이 봉분 주위를 돌며 무언가를 꺾는다. 가져온 바구니에 담긴 것을 보니 앙증맞기 이를 데 없는 고사리순이다. 눈인사만 나누고 멀찌감치 서서 구경만 하고 있다가 재미삼아 나도 고사리 순을 꺾어본다. 그런데 아낙들은 그리 손쉽게 꺾는 고사리가 어디로 꼭꼭 숨었는지 내 눈에는 잘 띄지 않는다.

몇 년 사이에 시력이 그리 나빠진 것인가. 여기저기로 부지런히 돌아다녀 보지만 어림도 없다는 듯 고사리는 좀체 제 모습을 보여주지 않는다. 한동안 둔덕을 오르락내리락하였더니 숨이 차고 목도 마르다. 땅바닥에 털썩 주저앉아 설레발만 쳤던 둔덕을 바라본다. 그런데 이게 무슨 조화인가. 그렇게 찾아 헤매던 고사리 순들이 가까이에서 하나씩 보이기 시작했다. 아뿔싸, 고사리란 놈을 꺾으려면 일단 내 허리를 먼저 꺾었어야 했다. 껑충하니 서서 내려다보았을 땐 안 보이더니 아래에서 올려다보니 그제야 제 모습을 드러내는 것이다. 카멜레온처럼 숲을 배후로 모습을 감추었던 고사리의 연초록 대궁이 하나둘씩 보이기 시작한다. 황급히 달려가 고사리순을 꺾는다. 무릎을 굽혀 허리를 낮추니 도깨비 방망이라도 두드린 듯 여기저기서 고사리들이 불쑥불쑥 솟아난다.

이른 봄, 동토를 밀어 올리며 그 작은 틈새로 삐져나와 첫 대면이 반갑다고 합장하는 손. 미처 땅 위로 올라오지 못한 고사리의 어린 몸은 꿈틀거리는 한 줌의 흙처럼 보였다. 비온 뒤, 고사리의 대궁이 조금씩 길어진다는 것은 다른 말로 산이 자라고 대지가 자란다는 뜻이 아니던가.

움직임이 몹시 바빠진 내 모습에 마을 아낙들이 "이제야 눈이 뜨였나 봐."하며 꺾은 고사리를 한 움큼씩 쥐어 내게 건네주었다. 고사리는 조금이라도 공해가 있으면 자라지 못하는 습성 때문에 청정지역에서만 볼 수 있다. 요즘은 고사리를 직접 재배하는 사람들이 많지만 행여 많은 수확을 바라며 화학비료라도 쓰게 되면 뿌리가 이내 썩어 버린다고 한다. 햇볕이 따가운 양지보다는 반쯤 햇빛이 가려진 음지에서 고사리가 많이 나는데, 어찌 보면 흔한 것 같아도 물과 흙, 햇빛이 비취는 시간까지 자연의 이치를 순리대로 따라야만 얻을 수 있는 귀한 나물이 아닌가 싶다.

가끔 글을 쓰다가 청산유수 같았던 말문이 턱 막혀버리듯, 글문이 닫혀버릴 때가 있다. 원고 마감일은 다가오고 한 줄이라도 써보려 애쓰지만, 딱히 생각나는 것도, 기억에서 건져 올릴 것도 없어 그만 글쓰기를 포기하고 만다. 고사리 풀 하나도 이렇듯 우주의 섭리와 자연의 이치를 거스르지 않아야 제대로 자라나는 법인데, 하물며 작가가 온전한 작품 하나를 얻는 일이 그리 수월할까.

다른 나물들과 달리 고사리는 칼과 같은 도구를 쓰지 않고 순전히 손으로만 대궁을 꺾는다. 고사리와 사람의 손이 서로 직접 닿아 교감을 나누는 것이다. "톡~톡" 하고 끊어지는 그 연하디 연한 감촉, 엄지와 검지로 전해지는 그 상큼한 손맛은 낚시에 비길 바가 아니다. 고사리를 꺾을 때 대궁이 너무 짧거나 길어지면 맛과 향기가 덜해진다. 채취한 고사리는 바로 삶아서 햇살 좋은 양지에서 말려야 하는데, 처음엔 그런 줄도 모르고 꺾은 후 하루를 넘겼더니 나무처럼 딱딱하게 굳어져서 먹을 수도 없고 맛과 질이 형편없이 떨어지는 것이었다. 당최 게으름을 피울 시간을 주지 않는 것이 고사리였다. 어찌 보면 글을 쓰는 일도 이와 같을 것이라는 생각이 든다.

이곳에 이사 온 지 얼마 되지 않았을 때다. 이웃 할머니 한 분이 말린 고사리 몇 다발을 낡은 신문지에 싸서 선물로 주셨다. 서구식 입맛에 길든 사람들에게 말린 고사리 같은 산나물이 눈에 들어오지도 않는다는 것을 할머니는 아시기나 하는 것인지.

건성으로 입에 발린 고맙다는 인사를 드렸다. 마트에 가면 쉽게 살 수 있는데 구태여 바싹 말라버린 고사리를 물에 넣어 불리는 일조차 성가시고 시간 낭비 같아, 냉동실 구석에 밀쳐 넣어 두고 이내 잊어버렸다.

산비탈을 타며 허리 굽혀 고사리를 꺾어다 삶고 말리는 일을 직접 해보니 생각이 짧았던 그날의 내 행동이 몹시도 후회된다. 할머니에게 못난 내 속내를 들키지 않은 것이 그나마 다행한 일이다.

비 온 뒤 쑥쑥 올라온 고사리를 찾아 바랑을 진 할머니는 산과 계곡을 얼마나 헤매고 다니셨을까. 겨우내 언 땅속에서 꿈꾸던 지상을 얼른 보고 싶어 흙을 밀어 올린 고사리. '가위바위보' 놀이라도 하자는 듯 꼼지락거리던 손가락이 주먹을 쥐고 있는 모습을 보고는, 얼른 달려가 두 손으로 감싸쥐고 귀 기울여 듣는 그 아린 숨소리에 어찌 가슴인들 후들거리지 않았으랴. 할머니는 고사리 주먹들을 바랑 안에 거두어 담고, 쉴 새 없이 비탈을 오르내리며 그 빛나는 생명의 눈물겨운 삶을 만났을 것이다. 그런 다음 고사리는 알맞게 불과 물을 거쳐 제 몸을 씻고 햇살 좋은 날 바람 잘 통하는 멍석 위에서 꾸덕꾸덕 말려졌을 터다. 명절에 조상님을 잘 모실 수 있도록, 정월 대보름날 쥐불놀이를 볼 수 있도록, 때론 뜨거운 장국 속에서 몸이 허한 이들의 기를 세워줄 수 있도록 할머니는 고사리를 말리고 손질하며 정겨운 이야기 보따리를 풀 준비를 하셨을 게다.

그렇게도 힘들게 모으고 말린 것을 한 뭉치도 아니고 여러 뭉치를 선물로 주신 할머니는 내게 고사리를 주신 것이 아니라 모진 겨울을 이겨내고 봄날을 살아낸 대견한 희망들을 주신 것이다. 하지만 그땐 알지 못했다. 하찮은 묵나물 정도로만 치부했다. 할머니가 아닌 다른 사람에게서 근사하게 포장된 선물을 받았다면 아무런 감흥 없이 냉장고 한구석에 처박아 두었을까. 겉포장을 따지는 허세로 만족하며 사는 '나'란 인간의 무게는 참을 수 없이 가볍기만 하다.

온 산을 헤매며 고사리를 꺾어 바랑에 지고 온 할머니의 사랑과 정성스런 마음이 가득한 '심리적 무게'를 그때 느낄 수 있었다면, 내 삶은 지금보다 훨씬 더 향기롭고 진중할 수 있었을 게다. 말린 고사리 한 뭉치가 지니는 무게를 '물리적 무게'로만 측정하는 사람들에게는 그 선물의 가치가 기껏해야 몇십 그램이거나 몇백 그램에 지나지 않으리라. 그 물리적 무게를 심리적 무게, 사랑의 무게로 전환하지 않고서는 진정한 삶의 무게를 가늠키는 어려우리라. 하기야 말린 고사리 한 뭉치의 무게가 얼마인지 궁금해하는 사람이 몇이나 있을까. 그렇지만 혹시라도 말린 고사리 한 뭉치의 무게가 얼마나 되느냐고 묻는 사람이 있었다면 아마도 할머니는 "지금껏 살아낸 봄날의 벅찬 기쁨만큼"이라 대답하지 않으셨을까.

못이 박힌 듯 거친 손과 꼬부랑해진 허리를 펼 수도 없지만, 주름진 얼굴엔 걸어온 길들이 훤히 보이고, 인자한 미소로 세상을 밝히는 할머니를 뵐 때마다 이제껏 나는 너무 많은 인생의 봄을 놓쳐 버렸다는 생각이 든다.

백살공주

우리 이웃엔 심각한 공주병을 가진 마나님이 사신다. 사람들은 그녀를 백살공주라 부른다. 나이를 백 살이나 먹었다는 게 아니라, 백 살이 되더라도 공주병을 못 버린다는 비아냥거림이 밑바닥에 깔린 별명이지 싶다.

부부 동반 모임에 가면 그녀는 유달리 예쁜 척, 귀여운 척, 사랑스러운 척을 한다. 그녀를 푼수데기 여편네라며, 동조세력에 나를 끌어넣으려는 이웃들 틈에 끼면 정말 그녀가 우리와는 다른 사차원의 영역에 머물고 있는 게 아닌가 생각할 때도 있다.

하지만 그녀의 인간성 자체가 나쁘다거나 악의가 있는 것은 아니어서 나는 그냥 어물쩍대며 딴청을 피우곤 한다. 너무 오버해서 보기 괴로울 정도만 아니면 애교로 봐서 참아줄 만하다.

그녀가 아직도 백살공주란 별명을 떼지 못하는 데는 그만한 이유가 있다. 언젠가 심리학을 전공한 친구에게 공주병은 왜 생기느냐고 물었더니 그것은 정신장애의 일종이라며 잘 알아듣지도 못할 의학전문용어를 줄줄이 나열하는 바람에, 들은 족족 금방 잊어버렸고 '공주병이란 자기애自己愛가 지나친 병'이라는 것만 기억한다. 그녀가 공주병에 대한 전문지식을 가지고 있든 없든 그것이 문제될 것은 없고, 짐작건대 자신을 지나치게 사랑하다 보니 그 병조차도 사랑하게 된 것이 이유라면 이유가 아닐까.

공주병도 암癌처럼 악성과 양성이 있다. 이웃의 백살공주는 그나마 양성에 속한다. 물론 양성이라도 병은 병이니 부정적인 면이 없는 건 아니다. 공주병을 앓고 있는 사람은 자기 자신에 대해 매우 강한 관심과 애정을 가진다. 그래서 주변 사람들도 역시 자신에게 관심이 많을 거라는 착각에 빠져들곤 한다. 남들은 흥미도 없는 자신만의 소소한 일화를 무슨 대단한 전설인 양, 끝없이 읊어대느라 시간 가는 줄 모른다. 원래 공주 이야기는 역사 내지는 신화가 되어야 나름대로 신비롭게 여겨지는 것이라 이 정도는 이해하고 넘어가야 한다. 자기에게만 중요한 일을 남들에게도 똑같이 중요한 의미가 있는 것으로 생각한다. 자랑거리 축에도 못 끼는 그렇고 그런 이야기를 과대 포장하여 풀어내면, 처음엔 사람들이 고개를 끄덕이며 듣고 있지만 급기야는 연기처럼 모락모락 오르는 짜증으로 자리를 박차고 일어나게 하는 장본인이 바로 그녀다.

또, 공주병 증상 중의 하나는 '연약한 척'이다. 사소한 통증도 마구 부풀리고 엄살을 떨어 주변 사람들이 자기에게 지대한 관심을 가지도록 강요한다. 충분히 해낼 수 있는 일들도 도저히 할 수 없다며 손사래를 친다. 하기야 어릴 때 읽었던 동화 속의 수많은 공주 중에 황소처럼 튼튼한 공주가 나왔던 적은 없었던 것 같다. 그녀들은 하나같이 온실 속에서 곱게 자란 화초처

럼 누군가가 보호해 주지 않으면 안 될 연약한 모습으로 그려
져 있었다.

악성 공주병은 대부분 앞서 나열한 증상들을 갖고 있지만,
자기 주변 사람들을 모두 '시녀화'한다는 것이 특징이라면 특
징이다. 고귀한 신분의 공주는 자기 하나여야만 한다. 감히 천
한 시녀들이 눈앞에서 설치는 꼴은 죽어도 못 본다. 누가 자기
보다 잘나가면 절대로 용서가 안 된다.

이런 심각한 공주병을 가진 사람들을 잘 살펴보면, 그 배후
에는 반드시 엄마인 왕비가 있다. 왕비의 딸이 공주가 되는 것
은 지극히 당연한 일. 자기 딸이 사랑스럽지 않은 엄마가 어디
있을까마는 그것이 도를 넘어서서 남들보다 특별한 존재라 생
각하고 키우다 보니 그렇게 자란 딸 역시, 자신은 특별하며 모
든 사람이 그렇게 대접해주어야 마땅하다고 믿게 된다.

여하튼 나이 먹을 만큼 먹은 우리 이웃의 백살공주는 목욕탕
에 와서도 예쁜 척, 잘난 척하며 공주의 전형적인 면모를 보여
준다. 딱히 무엇 하나 내세울 게 없는 나로서는 그저 구석자리

에 앉아 덜 불어난 때만 죽으라고 밀고 있다가 한증막에 슬쩍 들어가 보기도 하는데, 온탕과 냉탕을 오가며 부산을 떨던 그녀가 한증막에 당당히 들어선다. 동네 아줌마 여럿이 진을 치고 앉아 있다가 시선을 그녀에게 꽂는다. 그중 뱃살이 아래위로 출렁거리는 거구의 아줌마가 백살공주를 보고 이렇게 묻는다.

"댁은 나이가 어떻게 되는지는 모르겠지만 어찌 그리 몸매가 날씬하고 피부는 백옥 같수? 도대체 비결이 뭐유?"

"그래, 비결 좀 가르쳐 줘요." 옆에서 다른 아줌마가 또 거든다.

이쯤 되면 얼음이 든 녹차를 우아하게 마시고 있던 그녀가 우쭐해지기 시작한다.

"후훗, 그래도 보는 눈들은 있어서…. " 하는 흐뭇한 표정으로 약간 머뭇거리며 간격을 두다가 목소리를 최대한 낮추며 대답한다. 물론 코맹맹이 소리다.

"딱히 비결은 없구요. 평소에 긍정적인 마인드를 갖고 생활하면서 틈틈이 교양서적도 읽고 좋은 영화도 감상하면서, 무엇

보다도 과식하지 않는다는 것뿐이죠. 뭐."

말문이 터지자 상대방이 원하든 원치 않든, 줄곧 자신의 피부와 체형관리에 대해 장광설을 늘어놓는데 한증막의 열기도 만만찮거니와 그녀의 공주병 증세가 점점 심해지는 듯하여 나는 끝까지 듣지 못하고 한증막을 뛰쳐나와야 했다.

정말 그녀는 사람들에게 말한 그대로 실천하고 사는지 모르지만 일단, 그녀가 적지 않은 나이임에도 환상적인 몸매와 백옥 같은 피부를 가질 수 있었던 비결은 그것이었다. 따지고 보면 나도 평소에 긍정적 마인드를 갖고 교양서적도 좀 읽으며 비록 텔레비전 영상이지만 좋은 영화도 골라가며 자주 본다. 그런데 왜 나는 그녀처럼 쭉쭉빵빵한 몸매와 우유 빛깔 같은 고운 피부를 갖지 못하는 걸까. 그래, 그녀는 과식하지 않는다고 했다. 그게 나랑 다른 점일까. 혹시 내가 그녀의 근처에도 못가는 이유가 저녁을 일찍 먹은 날, 밤 아홉 시쯤이면 배가 출출해져서 이따금 챙겨 먹는 야식 때문은 아닐까. 하지만 아무리 생각해봐도 그것만으로 이렇게 차이가 난다는 것은 이해하기 힘들다. 그녀가 비결 중 한 가지는 끝까지 숨기고 말하지 않았을지도 모른다는 억측까지 해본다.

어찌되었건 그녀가 살아가는 방법엔 속이 훤히 보인다. 시간에 목 졸리며 항상 허둥지둥하는 나와 달리 그녀의 걸음걸이는 급할 게 없다. 목소리도 언제나 나긋나긋하다. 정장을 고집하는 내 모습과는 대조적으로 그녀가 입은 옷은 하늘거리는 레이스가 잔뜩 달려있다. 마트에서 우연히 만난 그녀와 내가 저녁 찬거리를 사서 아파트 출입구에 들어서면 바깥에서 주차를 도와주던 경비실 아저씨가 나는 대충 지나치고 그녀 쪽의 짐을 받아 승강기까지 날라다 준다. 그녀는 명절마다 경비실 아저씨에게 작은 인사치레라도 하는 건가. 그녀가 나보다 더 연약해 보여서일 게라며 구겨진 자존심을 회복하기 위해 무지 애를 쓴다. 아마도 그녀의 콧소리에 넘어가지 않을 남자는 이 지구상에 단 한 사람도 없을 듯하다.

그녀의 남편이란 사람도 어찌 보면 꼭 팔불출 같다. 어딜 가나 마누라 자랑에 침이 마를 날이 없다. 가끔은 이런 팔불출 남편을 가진 그녀가 부러울 때도 있다. 비교하는 건 아니지만, 우리 집 무뚝뚝한 양반은 마누라 칭찬에 무척 인색하다. 마음이 없는 소리라도 남들 앞에서 "내 마누라가 최고"라고 말해주면 어디가 덧나는 걸까. 팔불출이라는 비난을 들을지언정 기분 좋게 한마디 던져주면 업고라도 다닐 텐데, 그것이 그렇게 어려운가.

어떤 때는 공주병인 그녀보다 내가 더 심각한 병에 걸린 것은 아닐까 생각해 본 적이 있다. 그녀의 출중한 외모와 너무도 당당한 자신감에 압도당해 그녀 옆에 나란히 앉기가 부담스러울 때가 있다. 그러나 지금에 와서 나는 그녀처럼 외모를 가꾸거나 코맹맹이 소리를 만들어 낼 자신이 없다. 그녀와 나에게는 엄연히 다른 특별구역이 정해져 있는 것만 같다. 그녀만의 영역 안에 감히 내가 침범해서는 안 된다는 불문율을 어느새 마음속에 새기고 있는 것은 아닐까.

시시때때로 그녀는 주위 사람들에게 묘한 매력을 발산한다. 어떤 이들이 질투 섞인 비아냥거림을 노골적으로 드러내어 백살공주를 울릴 때도 있지만, 그녀는 자신을 하늘이 내려준 절세미인으로 생각하면서 오늘도 대부분의 시간을 거울 앞에서 보낸다. 팔불출인 그녀의 남편은 언제까지 아내에게 칭찬 일변도의 멘트를 날려줄 수 있을까. 아마도 그녀와 백년해로를 할 수 있는 반쪽은 남편도, 경비 아저씨도 아닌 아름다운 외모를 영원히 비춰줄 수 있는 거울 뿐인 듯하다.

"거울아, 거울아, 이 세상에서 누가 제일 예쁘니?"

"이 세상에서 제일 예쁜 사람은 바로 백살공주님이에요."

어느 날 문득

Ⅰ

눈부신 아침 햇살이 물뿌리개를 통해 떨어지는 물방울처럼 사방으로 번진다. 등 떠밀려 내려온 산바람이 모낸 무논의 물살을 파르라니 흔들어대면 외발로 선 흰두루미의 날갯짓이 마른 나뭇가지 부딪히듯 서걱거린다. 어쩌면 나뭇잎들도 처음엔 새처럼 가벼운 깃털을 가졌던 것일까.

II

새들처럼 날개가 있다면 당연히 날아오르겠지만, 날개가 없어 더욱 날고 싶은 것들이 세상엔 얼마나 많은지 모른다. 절집 마당에 쌓아둔 검정기왓장에 집주소와 가족의 이름을 달아주면 밤새 하늘로 날아오를 것만 같다. 애초에 하늘과 맞붙어 있었던 땅도 언젠가는 거꾸로 물구나무서서 자기가 하늘이라고 빡빡 우길지도 모를 일이다.

III

그렁그렁한 눈빛으로 별바라기하며 나뭇가지에 올망졸망 달린 꽃눈조차도 슬픔의 흔적이라고 여긴 적이 있었다. 무작정 날아오르고 싶었던 날들. 아마도 나는 스스로 아집에 갇혀 참으로 오랜 시간을 한곳에 머물렀었나 보다. 불현듯 그곳으로부터 탈출해야 한다는 생각이 든다.

IV

저렇듯 비어 있는 허공의 어느 부분은 누군가를 향한 그리움의 비상구로 통할 것이다.

V

이제 직립의 자세로 꼿꼿이 서서 하늘의 푸른 중심을 향해 날아오르는 피나는 연습을 해야 할 것 같다. 어둡고 긴 시간을 견뎌낸 것들이 서서히 기지개를 켜며 일어서는 지금, 나도 그들의 대열에 얼른 끼어들어야 할 것 같다.

지퍼에 대한 단상

간밤에 이런저런 생각으로 뒤척이다 보니 새벽녘에야 겨우 잠이 들었다. 가까운 태권도장 아이들이 기합을 넣으며 발맞춰 뛰는 소리에 눈을 떠보니 출근 시간이 임박하다.

허겁지겁 서두르며 겉옷의 지퍼 고리를 급히 올렸다. 발이 쉰 개라 하여 쉰바리라고 불리기도 하는 노린재의 무수히 많은 발처럼, 지퍼의 걸쇠들은 고리가 제 앞에 도착하는 것을 신호로 곧 일사불란하게 움직여 줄 것 같은 자세였다. 그들은 더듬이가 없는 대신, 다른 신경을 한층 곤두세운 듯했다. 예상대로였다면 다음 순간에 분명히 보았어야 할, 쉰바리의 쾌속질주 장면을 나는 목격하지 못했다. 고리를 너무 힘껏 잡아당긴 탓인지, 옷감의 솔기가 고리의 틈으로 끼어들어 지퍼의 길을 막아버리고 만 것이다.

잘못 끼어든 솔기를 빼내려고 안간힘을 쓰다 보니 솔기가 빠지기는커녕 도리어 고리에 꽉 맞물려 이러지도 저러지도 못하는 형국이 되어 버렸다. 다급한 마음에 고리를 잡고 한 번 더 힘을 주어 위로 당겼다. 이 같은 힘과 속도라면 옷감 솔기 정도의 장애쯤이야 단숨에 뛰어넘으리라 생각했다. 그러나 내 손아귀에 단단히 잡혀있던 지퍼의 고리는, 그만 궤도 이탈을 하고 만다. 아직 달려갈 준비가 덜 된 말잔등에 빨리 가라고 채찍을 내리친 꼴이다. 지퍼가 나란히 선 걸쇠의 발을 맞추기도 전에 내 마음은 벌써 저만치 앞서 달리고 있었다.

자세히 보니 지퍼는 계단 같은 구조를 가지고 있었다. 위로 나란히 이어진 층계를 차근차근 하나씩 밟고 올라야 목적지에 닿도록 설계해 두었던 것이다. 성급하게 빨리 오르려고 수십 개의 계단을 훌쩍 건너 뛰려 한 내게, 지퍼는 보란 듯이 일침을 놓았던 게다.

갈 길 바빠진 시간이 자꾸만 도끼눈을 뜬다. 생각지도 않았던 아주 사소한 것들의 반란에 적잖이 당황스럽다. 불편한 심기를 억누르며, 뻗대는 계단들을 화해시켜 보려 하지만 한번 뒤틀어진 심사가 쉽게 풀어지기는 힘든가 보다. 아래에서 위로 힘껏 잡아당기면 당길수록 지퍼의 문은 더 넓게 열리는 것이었다. 걸쇠의 순서가 뒤틀리자 더 이상의 추진이 어려워진 지퍼고리는, 망연자실 저지선에 걸려 멈춰 서 있다.

무언가를 골똘히 생각하는 듯한 지퍼의 자세. 흡사 영어 알파벳 y를 떠올리게 한다. 참을 수 없는 거만한 포즈다. 그 거만함이 도를 지나쳐 이제는 바로 서기조차 거부하며 아예 비스듬히 드러누워 있다. 속으로 헛웃음이 난다. 믿었던 도끼에 발등 찍힌 격이랄까.

나는 그 짧은 순간에 지퍼의 속성을 이해해보려 무척이나 고심했다. 과학적 지식은 깊지 않지만, 온갖 궁리를 끌어다 붙였다. 이건 초등학생도 아는 상식일 게다. 어떤 물체를 원래의 자리에서 다른 위치로 옮겨놓기 위해서는 일정한 양의 힘을 써야만 한다는 것. 직접 들어올리는 방법, 도르래를 이용하는 방법 등 여러 가지가 있지만, 지퍼의 원리는 빗면을 이용하여 끌어올리는 방법으로 만들어지지 않았을까. 등산할 때 가파른 길을 올라가면 시간은 적게 들지만, 무척 힘이 든다. 반대로 경사가 완만한 길을 걸어 올라가면 시간은 오래 걸려도 훨씬 힘이 적게 드는 이치처럼 여기에도 그런 원리가 적용된 듯하다. 살아오면서 완만한 경사지를 돌아가기보다는 시간이 적게 드는 가파른 길을 즐겨 올랐던 내가, 빗면의 원리를 이용한 지퍼의 속성을 체득하기엔 무리였을까.

지퍼의 길을 다시 열기 위해, 잔뜩 골이 난 걸쇠들과 타협하기는 이미 늦었다는 생각이 든다. 길옆 세탁소에 맡긴 다른 정장 바지는, 급할 것 하나도 없는 주인 아저씨의 느긋함에 아직 그늘에서 꾸물꾸물 건조되고 있을 게 틀림없다.

이제껏 내가 위로 힘껏 잡아당긴 것은 무엇이었을까. 가만히 생각해보니 그것은 지퍼의 고리가 아니라 바로 나였다. 성마르고 남과 타협하기 싫어하며, 누구보다 빨리 정상에 올라 깃발을 높이 쳐들기를 원했던 나의 또 다른 모습이었다. 그러고 보니 애초에 그런 불규칙한 계단을 만들어 놓은 사람 또한 나였다는 생각이 든다. 어느 한쪽에도 치우치지 않는 균등한 힘의 안배가 끝까지 이뤄져야 지퍼의 문을 제대로 닫을 수 있듯, 삶의 방식 또한 크게 다르지 않을 것이다. 그 단순한 이치도 깨닫지 못하고 걸쇠들을 무조건 억센 힘으로 다스리려 했던 나는 얼마나 거만하고 어리석은 존재였던가. 이쪽과 저쪽이 잘 맞물려 곧은 자세로 서 있기를 바라지만, 아직 나는 틀어진 지퍼 걸쇠의 발을 가지런히 놓는 방법에 대해 잘 알지 못한다. 마음을 다잡고 살살 달래보기라도 했다면 고분고분하게 길을 내어주었을지도 모른다. 고장이 난 지퍼를 보며 매사에 계획성 없고 정돈되지 못한 내 모습을 그 위에 겹쳐본다. 둘 다 서로의 못된 속성만 쏙 빼닮았다.

　그날 성급함이 만든 엉망진창이 된 계단을 어떻게든 딛고 올라가 보려 했지만, 걸쇠들은 단 한 걸음도 앞으로 나서주지 않았고, 지퍼가 열어 놓은 넓은 문은 끝내 닫히지 않았다.

칼끝으로 사과를 먹다

새로 이사 온 집 부엌에 전에 살던 사람이 칼을 두고 갔다. 이사 갈 때 칼을 버리고 가면 그 집과의 인연을 끊고 가는 것이고, 칼을 아무렇게나 부엌에 놓아두면 가족 중에 누군가가 다치거나 돈 나갈 일이 생긴다 한다. 칼날이 무디지도 않고 아직 서슬이 퍼런 것을 보니 사용한 지가 얼마 되지 않은 모양이다.

짐 정리는 덜 되었는데 벌써 기진맥진하여 이사 올 때 뭉뚱그려 온 과일 봉지 속에서 잘 익은 사과 한 알을 꺼낸다. 풀지 않은 짐 속에 과도가 들어있는 듯 얼른 찾을 수가 없어, 전 주인이 쓰던 칼로 사과를 깎는다.

얄팍하게 깎인 붉은 사과 껍질이 구불구불 길어질 때, 하얗게 드러난 사과의 과육 위로 상큼한 길이 난다. 사과 한 알을 쥐고 둥글게 돌려가며 깎았을 뿐인데 지구 한 바퀴를 다 돌아온 것 같다. 내가 살아온 삶의 길도 저렇듯 돌고 돌아 여기까지 왔을 것이다. 사과 껍질 속, 새로 만들어진 길처럼 내 인생도 그리 상큼하고 향기로웠을까.

접시에 담아 놓은 사과 조각을 무심코 칼끝으로 집어 먹는다. 이사를 도와주러 달려온 친구가 얼른 칼을 빼앗더니

"왜 칼로 사과를 먹어? 칼로 음식을 먹으면 가슴 아픈 일을 당한대." 하며 포크를 손에 대신 쥐어 준다.

어릴 때도 칼로 사과를 찍어 먹다가 어머니께 혼찌검이 났건만, 지금도 나는 여전히 사과 껍질을 깎던 칼끝으로 사과를 먹는다.

"칼로 음식을 찍어 먹으면 가슴 아픈 일을 당한다." 라는 말이 오래도록 귓가에 맴돈다. 타인에게 칼을 건넬 때는 칼등을 잡

고 칼날이 자신에게 향하도록 건네는 것이 예의다. 날카로운 칼끝이 자칫하면 상처를 낼 위험이 많기 때문이다. 그 무시무시한 칼로 나 스스로 사과를 찍어 먹기도 하고 또 그 칼로 사과를 찍어 누군가에게 먹였던 적도 있다. 위험천만한 일인데 나는 왜 그런 일을 천연덕스럽게 지금까지 반복해 온 것인지.

젊기 때문에 더 살아야 하고 앞으로 가슴 아플 일들도 많이 남아 있을 것이기에 그것이 두렵다는 걸까. 젊지 않은 나이인데도 여전히 가슴 아픈 일이 계속 생기는 걸 보면 그동안 칼로 사과를 너무 많이 찍어 먹었나 보다. 하기야 칼로 찍어 먹은 게 어디 사과뿐이었으랴.

뭔가를 준다는 게 이렇게 위험한 것인 줄, 나이를 이만큼 먹고서야 비로소 알게 되었다. 그것이 나를 위한 것이든 남을 위한 것이든, 그것이 충고였든 배려였든 사과를 칼로 찍어 먹고 먹여주는 것처럼 위태로울 수 있다는 것이다. 살아오면서 나 스스로 내게 마음의 상처를 입힌 적도 있었고, 관심과 애정이라는 이름으로 가족과 친구들에게 향긋한 내음의 사과 조각에 숨은 칼끝을 아무런 의심 없이 들이민 적도 많았었다. 세월의 풍진에 묻혀 갔지만 그 칼에 다친 나 자신에게도 상대방에게도 수없는 생채기가 나고 또 아물었으리라.

아직도 칼끝으로 음식을 찍어 먹는 나를 판박이 삼아 딸아이도 똑같이 칼끝으로 사과를 찍어 먹는다. 이럴 때는 정말 난감해진다. 자식에게는 이런 위태로움을 대물림하고 싶지 않은 어미는 슬그머니 딸아이에게 칼 대신 포크를 쥐어 준다. 그 옛날 어머니가 내게 하신 말씀 "칼로 사과를 찍어 먹으면 가슴 아픈 일을 당한대."를 습관처럼 되뇌면서.

그러나 아직 살아온 날보다 살아갈 날이 더 많은 내 딸아이는 앞으로 겪을 가슴 아플 일들에 미리부터 겁먹지 말고 당당히 세상과 맞서 겨루기를 바란다. 젊음이 아름다운 건 불확실한 미래에 도전하고, 가슴 아플 많은 일을 두려워하지 않기 때문이다. 두려워하지 젊음은 그렇기에 더욱더 두려운 대상이 될 수밖에 없다. 어쩌면 향기롭고 상큼한 사과 조각 속에 숨은 저 날카롭고 경쾌한 칼끝처럼.

콩나물시루 속의 콩알이 되어

어릴 적 우리 집 안방 구석진 곳엔 늘 콩나물시루 하나가 버젓이 자리를 잡고 앉아 있었다. 큰 대야 위에 두 개의 작대기를 걸쳐 놓고 밑을 빼낸 뒤 짚을 간 시루에 어머니는 불린 콩을 넣어 하루에도 여러 번씩 물을 주었다. 시루에 깔린 콩들이 껍질을 벗고 발아하여 둥근 몸속에서 올챙이처럼 꼬리를 쭉 빼낼 때, 그 모습이 하도 신기하여 안을 들여다보다가 하마터면 시루를 엎을 뻔하기도 했었다. 콩들의 키가 자라는 동안 콩나물시루는 물에 젖은 검은 광목을 뒤집어쓰고 어둠 속에 갇힌 시간을 애써 달래는 듯했다.

학교에서 돌아와 시루 속의 콩들이 얼마나 더 자랐는지 검은 광목 보자기를 수시로 들춰보면 "콩은 햇빛을 보여주지 말아야 맛있는 콩나물이 된단다." 하며 어머니가 내 궁금증을 재빨리 덮어버리시곤 하셨다.

어느 날 검은 광목으로 덮은 천정이 약간 들썩거리는가 싶더니 어둠 속에서 쑥쑥 키 자람을 한 콩들이 금빛 손목을 위로 쭉쭉 뻗어 올린다. 떡잎이 나서 어머니의 손에 한 움큼씩 뽑혀 올라온 콩나물들은 하나같이 얼굴 모양은 물음표를 닮아 있었다. 콩나물들은 뭐가 그리 궁금했던 걸까. 어린 나는 검은 보자기에 덮인 콩나물들이 어둠 속에서 길고 지루한 시간을 보내는 동안 시루 밖의 세상이 몹시도 궁금하여 물음표 모양이 되었을 거라는 생각을 하게 되었다. 그 이후로 바깥세상이 궁금해서 얼굴 모양까지 물음표가 된 콩나물만큼이나 내게도 궁금한 것들이 많이 생겼다. 왜 콩나물 콩은 햇빛을 보면 안 되는지, 내가 알지 못하는 사이에 시루 속에선 무슨 일들이 일어났었는지.

어른이 된 지금도 나는 여전히 궁금한 게 많다. 어떤 것이 좋은 글의 뿌리가 되는지, 얼마나 오랜 시간을 더 곰삭혀야 맛깔스럽고 공감할 수 있는 글이 되는지. 내가 글을 쓰는 과정도 콩나물시루 속에 든 콩나물 콩이 자라는 것과 다르지 않은 듯하다. 공기와 햇빛을 차단한 채, 그 어둡고 긴 시간을 견뎌낸 콩이 콩나물로 되어가던 동안 검은 광목 보자기 아래 서로 몸을 맞댄 콩알들이 그렇게 뜨거운 포옹을 하였듯 나 또한 쉽게 제 모습을 드러내지 않는 글의 분신들과 오래도록 살 맞대고 부비는 뜨거운 사이이고 싶다.